파브르 곤충기

세계문학산책 34
파브르 곤충기

지은이 **장 앙리 파브르**
옮긴이 **붉은여우**
펴낸이 **안용백**
펴낸곳 **(주)넥서스**

초판 1쇄 인쇄 2013년 5월 15일
초판 1쇄 발행 2013년 6월 1일

출판신고 1992년 4월 3일 제311-2002-2호
121-840 서울시 마포구 서교동 394-2
Tel (02)330-5500 Fax (02)330-5555

ISBN 978-89-6790-152-3 04800

출판사의 허락없이 내용의 일부를
인용하거나 발췌하는 것을 금합니다.

가격은 뒤표지에 있습니다.
잘못 만들어진 책은 구입처에서 바꾸어 드립니다.

www.nexusbook.com
지식의 숲은 (주)넥서스의 인문교양 브랜드입니다.

세계문학산책 34

장 앙리 파브르
파브르 곤충기

붉은여우 옮김 김욱동 해설

지식의숲

차 례

풀밭의 강자 사마귀 ...007
마취의 명수 노래기벌 ...016
구슬을 빚는 쇠똥구리 ...031
여름철의 명가수 매미 ...040
그물을 짜는 과학자 거미 ...053
냄새로 암컷을 찾아오는 나방 ...062
시체를 청소하는 송장벌레 ...071
바이올린을 연주하는 귀뚜라미 ...080
힘들게 살아남는 배추흰나비 ...088
수염이 멋진 하늘소 ...097
길을 기억하는 붉은병정개미 ...103
먹이를 녹여 먹는 파리 애벌레 ...113
잔인한 싸움꾼 딱정벌레 ...125

풀밭의 강자 사마귀

　사마귀는 비단처럼 얇은 날개를 가진 곤충입니다. 옥빛을 띠는 날개를 몸에 바짝 붙이고 낫처럼 생긴 앞다리를 가지런히 모으고 있는 모습이 마치 기도하는 것처럼 보이기 때문에 우리 고장에서는 사마귀를 '기도하는 벌레'라고 부르기도 합니다.

　그러나 경건한 별명과는 달리 사마귀에게는 곤충을 산 채로 잡아먹는 잔인한 면이 있습니다. 메뚜기나 잠자리는 물론이고 도마뱀이나 개구리 같은 동물도 잡아먹을 수 있습니다.

　사마귀의 머리는 역삼각형 모양인데 작습니다. 머리에 비해 큰 눈이 양쪽으로 볼록 튀어나와 있어서 언뜻 보면 무섭게 보입니다. 그리고 두 눈 사이가 많이 벌어져 있기 때문에 시야가 넓어서 상대와의 거리를 파악하는 능력이 뛰어납니다.

게다가 목을 180도 돌릴 수 있어 몸뚱이를 틀지 않고도 뒤를 돌아볼 수 있습니다. 뒤에서 살금살금 다가가면 몸을 가만히 둔 채 고개만 돌려서 상대방을 노려보곤 합니다. 그런 모습을 처음 본 사람은 섬뜩하다고 느낍니다.

가장 무서운 무기인 앞다리에는 톱니 같은 가시가 촘촘하게 돋아 있어서 먹이를 한 번 잡으면 웬만해서는 놓치지 않습니다.

먹이에 구멍을 뚫거나 찢을 때 쓰는, 편리하고 소중한 무기인 만큼 사냥을 하지 않을 때는 앞다리를 접어서 앞가슴에 붙이고 있습니다.

앞다리는 네 마디로 되어 있는데, 첫째 마디가 길고 강해서 사마귀는 순식간에 먹이를 덮칠 수 있습니다. 둘째와 셋째 마디에는 뾰족한 가시가 많습니다.

넷째 마디 끝에는 무엇이든 찌를 수 있는 날카로운 침도 있습니다.

나는 사마귀를 기르며 관찰하기 위해 큰 화분을 열 개 준비하고, 화분에 모래를 깔고 풀을 심었습니다. 그다음, 넓적한 돌과 함께 사마귀를 넣고 철망을 덮었습니다.

우리 고장에서 흔히 볼 수 있는 항라사마귀로 실험을 했는데,

이것은 수컷보다 암컷의 몸집이 더 큽니다.

나는 한 마리씩 넣은 것, 암컷끼리 넣은 것, 수컷끼리 넣은 것, 암수 한 쌍씩 넣은 것을 비교해 보았습니다.

사마귀는 살아 있는 먹이만 먹기 때문에 나는 먹이를 잡아 나르느라고 꽤나 많은 고생을 했습니다. 나는 잡아 온 먹이를 넣어 주면서 사마귀가 공격하는 모습을 자세히 관찰했습니다.

나비나 벌같이 작은 먹이는 상대가 눈치채지 못하도록 가만히 있다가 갑자기 덮치지만, 몸집이 큰 메뚜기 같은 먹이 앞에서는 잔뜩 긴장하여 싸울 태세를 갖춥니다.

앞뒤 날개를 활짝 펴서 몸을 크게 보이게 하고, 앞다리를 모아 치켜들고 메뚜기를 노려봅니다. 뒷날개를 비벼 '싸르륵싸르륵' 소름 끼치는 소리를 내면서 말입니다.

메뚜기는 멍하니 있다가 사마귀의 공격을 받습니다. 사마귀는 두 앞다리로 메뚜기를 단단히 붙잡고 펼쳤던 날개를 다시 접더니 메뚜기를 우적거리며 씹어 먹기 시작했습니다.

사마귀는 상대가 강하다고 느낄 때만 위협하는 자세를 취합니다.

사람이나 고양이가 괴롭히려고 해도 도망치지 않고 같은 자세로 겁부터 주려고 합니다. 그러니 독니가 있는 왕거미쯤은 하나도 무서워하지 않는 게 당연합니다.

사마귀는 우선 상대방의 목부터 공격합니다. 한쪽 다리의 낫을 몸 가운데에 박고 다른 쪽 다리의 낫으로 목을 누른 다음 입으로 꽉 깨뭅니다. 곤충의 급소는 목에 있기 때문입니다.

암컷은 알을 낳기 때문에 수컷보다 식욕이 왕성해서 큰 먹이를 사냥하는 일은 주로 암컷이 합니다.

암컷은 거의 날지 못하지만, 수컷은 암컷보다 몸이 작아서 4, 5미터쯤 날아갈 수 있습니다. 짝짓기를 하려면 남보다 빨라야 하지요.

나는 연구실이 좁아서 암컷 두 마리를 사육 상자 한 군데에 같이 넣었습니다. 서로 잡아먹지 않도록 먹이도 충분히 넣어 주었습니다.

평화롭게 지내던 암사마귀들은 짝짓기 철이 되어 배 속에 알이 생기자 난폭해지기 시작했습니다. 주변에 다른 먹이가 있었지만 서로 싸우며 잡아먹기도 했습니다.

수사마귀들끼리 넣어 둔 화분에서도 똑같은 모습을 볼 수 있었습니다.

암수 한 쌍이 들어 있는 화분에는 먹이를 많이 넣어 주어서인지 처음에는 싸우는 일이 없었습니다.

8월 말쯤 되자, 수컷은 의젓하게 가슴을 펴며 암컷에게 사랑을 표현했지만, 암컷은 별 관심을 보이지 않았습니다.

마침내 수컷이 날개를 펴고 암컷의 등에 올라타더니 꼭 껴안았습니다. 오랫동안 그 자세로 있다가 드디어 짝짓기에 성공했습니다. 짝짓기는 5, 6시간이 걸릴 때도 있습니다.

그런데 짝짓기를 끝낸 수컷은 암컷에게 잡아먹히고 말았습니다.

다른 수컷을 또 넣어 줬는데, 짝짓기가 끝나자마자 그 수컷 역시 잡아먹혔습니다. 이 암컷은 무려 수컷 일곱 마리와 짝짓기를 한 뒤 수컷들을 모두 먹어 치웠습니다.

어떤 암컷은 짝짓기 도중에 수컷의 머리를 뜯어 먹어 그 수컷은 목이 없는 상태에서 짝짓기를 마치기도 합니다.

이러한 일은 끔찍한 광경이기는 하지만 이것은 태어날 새끼들의 영양분을 만드는 일입니다. 거미, 전갈, 딱정벌레 등에게서도 흔히 볼 수 있는 일입니다.

식욕이 왕성한 암컷도 배가 불러 오면 먹는 일을 중단합니다. 그러고는 무거운 배를 끌고 다니며 알 낳을 곳을 찾습니다.

나는 사육 상자 안에서 알을 낳는 암컷을 확대경으로 살펴보았습니다. 사마귀가 알을 모두 낳기까지는 시간이 두 시간 정도 걸렸습니다.

먼저 거품 같은 것을 내뿜어 그 깊숙한 곳에 알을 낳은 뒤 거품으로 감싸고, 또 그 위에 알을 낳았습니다. 이 거품은 2분 정도 지나면 딱딱해져서 알을 추위에서 보호하는 역할을 합니다.

사마귀에 따라서 세 번까지 알을 낳기도 합니다. 처음 두 개의 알 무더기는 크기가 비슷하지만 맨 나중의 것은 처음 것의 절반 정도밖에 되지 않습니다.

보통 알 집에는 4백 개 정도, 작은 알 집에는 2, 3백 개 정도의 알이 들어 있습니다. 그러니까 세 번 알을 낳은 사마귀의 알은 무려 천 개나 되는 셈입니다.

알을 모두 낳은 어미는 자기가 낳은 알을 까맣게 잊어버린 듯이 전혀 신경 쓰지 않습니다.

사마귀는 돌 위나 포도나무의 그루터기, 죽은 나뭇가지 등에 알을 낳습니다.

나뭇잎이 떨어지고 나면 폭 2센티미터, 길이 4센티미터 정도 되는 가늘고 긴 갈색 알 집을 햇빛이 잘 드는 곳에서 종종 볼 수 있습니다.

프로방스 지방의 농민들 중에는 이 알 집을 동상에 잘 듣는 약이라고 믿는 사람들이 많습니다. 그래서 알 집을 짜면 나오는 즙을 동상 부위에 문지르곤 하는데, 이에 대한 효과는 정확하게

증명되지는 않았습니다.

다음 해 7월, 알 집에 뚫린 작은 구멍에서 애벌레가 기어 나오기 시작했습니다. 다리도 더듬이도 없이 얇은 허물에 싸인 모습으로 말입니다. 이런 상태의 애벌레를 전애벌레라고 합니다.

밖으로 나온 애벌레가 몸을 비틀자 허물이 벗겨지면서 다리가 나오고 더듬이도 생겼습니다. 애벌레들이 떼를 지어 나오기 시작한 지 며칠이 지나지 않아 알 집은 텅 비게 되었습니다.

새끼 사마귀들에게는 개미, 도마뱀, 거미, 여치 등이 모두 무서운 적입니다. 그뿐만 아니라 사마귀수시렁이와 기생벌 같은 곤충은 사마귀의 알 집에 알을 낳기도 하는데, 이들의 애벌레는 사마귀 애벌레보다 먼저 깨어 사마귀의 알을 먹고 자랍니다.

이런 이유로 사마귀는 알을 많이 낳지만 어른 사마귀가 되는 수는 극히 적은 편입니다.

이런 위험을 견디고 마지막까지 살아남은 애벌레는 풀잎이나 나뭇가지에서 2, 3일을 보낸 뒤, 몸이 갈색으로 변하면 저마다 흩어져서 독립생활을 하게 됩니다.

사마귀는 한두 달이면 몸집도 커지고 앞다리의 가시도 날카로워져서 풀밭에 있는 곤충들 사이에서는 천하무적이 됩니다.

어린 시절 자신을 위협했던 메뚜기, 여치, 독거미와 심지어는 도마뱀까지도 잡아먹을 수 있게 됩니다.

항라사마귀는 유럽에서 흔히 볼 수 있는데 일본, 중국, 인도나 북아프리카에 널리 분포해 있습니다.(한국에도 있기는 하지만 그 숫자가 별로 많지는 않습니다. ― 역자 주)

마취의 명수 노래기벌

어느 추운 겨울밤이었습니다. 나는 난롯가에 홀로 앉아서 책을 읽고 있었습니다. 그것은 곤충에 관한 잡지였는데, 그 잡지에는 레옹 뒤프레의 논문이 실려 있었습니다.

내용은 벌의 생태에 관한 것이었습니다. 나는 그 논문에 푹 빠져서 한겨울을 지냈습니다.

그 시절 나는 아비뇽의 중학교에서 자연 과학을 가르치고 있었습니다.

학교에서 나오는 봉급은 넉넉한 편이 아니어서 실험 기구나 책을 사기는 어려웠습니다. 게다가 부양할 가족도 많았기 때문에 나는 열심히 아르바이트를 해야만 했습니다.

어릴 때부터 곤충을 좋아하기는 했지만, 그날 그 논문을 읽고 나서야 '이거야말로 내가 정말 하고 싶었던 일이다!' 하고 속으로 소리쳤습니다.

그때까지만 해도 나는 곤충학이란 그저, 곤충을 잡아서 표본을 만들고, 책에서 이름을 찾고, 새로운 곤충을 찾아내어 이름을 붙여 주는 학문이라고만 생각해 왔던 게 사실입니다.

그러나 뒤프레의 논문을 읽고 나서 곤충이 자연 속에서 어떻게 살아가는지 조사하는 생태 연구라는 분야가 있다는 것을 알게 되었습니다.

나는 어서 빨리 봄이 와서 뒤프레의 논문에 나온 사냥벌을 연구하게 되기를 애타게 기다리면서 그의 논문을 몇 번이나 읽고 또 읽었습니다.

나는 본격적으로 사냥벌을 연구하면서 뒤프레의 논문에 틀린 점이 있다는 것을 발견할 수 있었습니다.

나는 이때 쓴 논문으로 프랑스 학사원의 실험생리학상을 받게 되었습니다. 그런데 그보다 더 기쁜 일은 자신의 잘못을 비판한 나에게 뒤프레가 다정한 격려 편지를 보내 주었다는 사실입니다.

그는 진정으로 훌륭한 학자였습니다. 훌륭하신 뒤프레의 논문 내용 중에서 그 일부를 요약하여 소개하고자 합니다.

비단벌레노래기벌은 사냥벌의 일종이다. 사냥벌이란 혼자 생활하면서 다른 벌레를 사냥하여 집 속에 모아 두고 애벌레의 먹이로 삼는 벌을 말한다.

먹이에 따라 벌의 종류가 다른데, 날개가 딱딱한 비단벌레 같은 갑충을 사냥하는 노래기벌, 여치나 메뚜기 종류를 사냥하는 구멍벌, 거미를 사냥하는 대모벌, 굼벵이를 사냥하는 나나니벌 등 여러 종류가 있다.

1839년 7월, 시골에 살고 있는 친구가 나에게 비단벌레 두 마리를 보내 주었다. 어떤 벌이 날아가다가 그 비단벌레를 떨어뜨렸다는 편지도 곁들여 보냈다.

그것은 두줄비단벌레라는 매우 진기한 종류였기 때문에 나는 더욱 기뻤다.

이듬해 7월에 나는 왕진도 할 겸해서 그 친구의 집을 방문하였다. 진찰을 마친 뒤에 우리는 비단벌레를 찾아 나섰다.

그날은 흐리고 기온이 낮아서 그랬는지 날아다니는 벌이 쉽게 눈에 띄지 않았다. 그러나 우리는 단념하지 않고 계속해서 벌집을 찾아보기로 했다.

나는 이런 종류의 벌은 땅에 구멍을 파서 집을 만든다는 사실을 이미 알고 있었다. 땅 위에 두더지 무덤처럼 흙이 조금 쌓인 곳이 바로 벌집인 것이다. 벌집을 찾아 위쪽의 흙을 파내고 보니 우물 같은 구멍이 땅속으로 깊숙이 뚫려 있었다.

삽으로 한참 파내려 가자 비단벌레의 날개가 부서진 채 햇빛에 반짝거리는 게 보였다. 조심조심 더 파내려 가자 이윽고 형태가 온전한 비단벌레가 서너 마리 나왔다.

금색과 녹색으로 영롱한 빛을 띤 비단벌레를 발견한 나는 무척 기뻐서 소리를 지를 뻔했다.

그때 흙 속에서 벌 한 마리가 기어 나왔다. 그것은 프랑스의 대서양 연안과 스페인에 많이 서식하는 노래기벌의 일종이었다.

한 시간도 걸리지 않아서 우리는 벌집을 세 군데나 팔 수 있었다. 곰곰이 따져 보니 벌집 하나에 평균 열 마리 이상의 비단벌레가 있었다.

비단벌레노래기벌은 사람이 밟아서 단단해진 길에 집을 짓는다. 벌집의 깊이는 보통 3, 40센티미터 정도이다. 구멍은 처음에는 수직이다가, 중간에 직각으로 굽어 들어가고 가장 깊숙한 곳에는 큰 방이 다섯 개 정도 있다.

방마다 비단벌레가 들어 있다. 보통 세 마리가 애벌레 한 마리의 식량이 되는데, 비단벌레가 크면 한 마리나 두 마리가 들어 있을 때도 있다.

벌집을 발견하면 입구에 짚을 꽂고 주위에 40센티미터 정도 되는 정사각형을 그린 다음, 모종삽으로 주위를 깊이 40센티미터 정도 판 뒤 흙을 덩어리째 들어 올려 조심스럽게 부순다.

이렇게 해서 나는 며칠 동안에 벌집을 스무 개 정도나 파 엎었다. 노래기벌의 애벌레를 알에서 갓 깬 것부터 다 큰 것까지 골고루 관찰할 수 있었다. 고치에는 아름답게 빛나는 비단벌레의 껍질 조각이 박혀 있었다.

비단벌레는 모두 4백 마리가 넘었다. 나는 처음에는 비단벌레의 아름다운 모습에 놀랐지만 나중에는 노래기벌의 놀라운 능력에 감탄하지 않을 수 없었다. 그 많은 먹이 중에서 비단벌레가 아닌 것은 한 마리도 없기 때문이었다.

비단벌레라고 하지만 모양이 비슷한 벌레들이 많은데 노래기벌은 그 차이를 정확하게 알고 있는 듯했다. 순종 비단벌레로만 모아 놓았던 것이다.

참으로 신기한 점은 또 있었다. 벌집 속에 저장된 비단벌레는 완전히 죽었는데도 마치 살아 있는 것처럼 싱싱했다. 다리며 더듬이, 몸의 마디마디가 매우 부드러워서 구부리거나 펼 수 있을 정도였다.

단 한 군데도 부서진 부위가 없었으며 흠집도 찾을 수 없었다. 껍질에는 윤기가 흐르고 있었다.

나는 벌집에서 파낸 비단벌레를 이틀 동안 그대로 두고 관찰했다. 이틀이 지나도록 조금도 딱딱해지지도 않았고 썩지도 않았다. 그뿐만 아니라, 해부를 해 보니 살아 있을 때처럼 내장도 싱싱한 채였다.

보통 곤충 같으면 죽은 뒤 12시간이 지나면 내장이 마르거나 부패했을 텐데, 거기에 비하면 놀라운 일이 아닐 수 없었다.

게다가 노래기벌이 잡아 놓은 비단벌레는 1주일, 때로는 2주일이 지나도 썩지 않았다.

그렇다면 그 이유는 무엇일까. 놀라움과 함께 여기서부터 나의 새로운 의문이 시작되었다.

노래기벌은 먹이인 비단벌레가 썩지 않도록 방부제를 주사하는 것일까?

그렇다면 노래기벌이 사용하는 방부제는 성질이 어떤 것일까?

위와 같이 놀라운 내용의 논문을 읽고 나서, 나는 그가 마치지 못한 연구를 마저 하고 싶어졌습니다.

나는 오래지 않아 노래기벌을 통해서 거기에 대한 해답을 얻을 수 있었습니다.

날씨가 따뜻한 날이면 언제나 벌을 찾아다니던 나는, 드디어 바구미를 사냥하는 노래기벌 몇 마리를 발견하게 되었습니다.

이 벌은 햇볕이 잘 들고 건조한 벼랑에 집을 짓는데, 꿀벌처럼 무리를 지어 살지는 않지만 벌집은 한 군데에 열 개 정도씩 모여 있었습니다.

바구미를 사냥하는 노래기벌은 9월 하순경에 집을 짓는데, 암컷만이 일을 합니다. 다른 노래기벌은 해마다 새로 집을 짓지만 그 노래기벌은 조상에게서 물려받은 벌집을 조금씩 수리해서 씁니다. 그래서 2, 3일이면 집이 완성됩니다.

벌집 지름은 엄지손가락이 들어갈 정도이고, 10에서 20센티미터쯤 들어가다가 그다음부터는 굽습니다. 큰 벌집은 길이가 50센티미터나 되는 것도 있습니다.

구멍 끝에는 작은 방이 몇 개 만들어져 있고, 방마다 먹이인 바구미가 대여섯 마리씩 저장되어 있습니다.

나는 벌에게서 직접 빼앗거나 집 속에 저장된 것을 파내어 바구미를 백 마리 정도 얻을 수 있었습니다. 그런데 놀랍게도 그것들은 하나같이 네점박이바구미뿐이었습니다.

도대체 왜 네점박이바구미만 잡았는지 궁금했습니다. 특별히 맛이 뛰어나거나 영양가가 많아서 그런 것인지, 아니면 다른 특별한 이유가 있는지 몹시 궁금했습니다.

나는 네점박이바구미가 이 근처 바구미 중에서 가장 크고 수도 많기 때문일 거라고 쉽게 생각했습니다.

노래기벌 가운데는 다른 종류의 벌을 애벌레의 먹이로 하는 것과 비단벌레 같은 갑충을 먹이로 하는 것이 있습니다.

갑충을 잡는 노래기벌은 모두 여덟 종류인데, 그중 하나는 비단벌레를 사냥하고 나머지는 한두 종류의 바구미를 사냥합니다. 그리고 모두 자신의 몸 크기에 적당하고 잡기 쉬운 먹이를 고릅니다.

뒤프레가 조사하고 관찰한 것처럼 나도 바구미를 자세히 조사해 보기로 했습니다.

바구미는 모두 싱싱하고 관절도 부드럽게 잘 움직였습니다. 해부를 해 보니, 내장의 상태도 살아 있을 때와 똑같았습니다.

그뿐만 아니라 한 달 이상 보관했는데도 전혀 변화가 없었습니다. 싱싱한 모습 그대로였습니다.

머릿속에 퍼뜩 바구미가 살아 있을지도 모른다는 생각이 들었습니다.

벌에게 잡힌 바구미는 처음 일주일 동안은 똥을 눕니다. 벤젠과 전기로 실험을 해서 알 수 있었던 것은 잡힌 지 오래된 것일수록 반응이 약해지기는 하지만, 여전히 움직인다는 사실이었습니다.

바구미 외에 다른 갑충에도 전기 실험을 해 보았는데 벤젠과 황산 가스로 죽인 곤충은 전혀 움직이지 않았습니다.

여기서 나는 중요한 결론을 하나 얻었습니다. 벌에게 잡힌 바구미는 죽은 것이 아니라, 신경이 마비된 것이라고 말입니다.

노래기벌의 먹이가 된 바구미는 죽은 것도 아니었고, 방부제로 처리된 것도 아니었습니다. 이 곤충은 몸을 움직이는 데 필요한 신경만 마비된 것이고, 호흡과 소화 기관은 아직 활동하고 있는 상태라는 것을 알 수 있었습니다.

몸의 기능은 시간이 흐를수록 서서히 약해지지만 노래기벌 애벌레가 다 자랄 때까지는 살아 있어서 신선한 상태를 유지하는 것입니다.

나는 노래기벌이 바구미를 잡는 장면을 보고 싶어서 벌을 찾아서 따라다녀 보았습니다. 그러나 벌은 눈 깜짝할 사이에 사라져 버려서 실패만 거듭했습니다.

나는 궁리 끝에 살아 있는 바구미를 벌집 근처에 갖다 놓기로 했습니다.

나는 이틀 동안이나 네점박이바구미를 찾아서 헤맸지만 겨우 세 마리를 잡을 수 있었습니다. 그것도 더듬이가 부러졌거나 다리 끝이 떨어져 나간 것들이었습니다. 이것으로 나는 다시 한 번 벌이 대단하다는 사실을 알았습니다.

벌은 번데기에서 갓 나온 것처럼 싱싱하고 반짝거리는 아름다운 놈만을 잡으니 말입니다. 그것도 순식간에, 필요하면 얼마든지 잡아 오는 것을 보면 놀랄 수밖에요.

나는 바구미 한 마리를 벌집 구멍 가까이에 놔뒀습니다. 이윽고 노래기벌이 벌집 속에서 나왔습니다.

그런데 벌은 내가 놓아 둔 바구미는 거들떠보지도 않았습니다. 까다로운 벌에게 싱싱하지 않은 먹이는 성에 차지 않는 모양이었습니다.

그래서 나는 방법을 바꾸어 보기로 했습니다.

노래기벌이 먹이를 잡아 와서 벌집에 넣으려고 할 때, 슬쩍 먹이를 빼앗고, 대신에 내가 잡아 온 바구미를 주는 방법이었습니다.

끌고 가던 먹이가 없어지자 노래기벌은 깜짝 놀라서 주위를 두리번거렸습니다.

그때 재빨리 준비해 둔 바구미를 주자 벌이 얼른 달려들어서 옮겨 가려고 했습니다.

그러다가 바구미가 움직이는 것을 알고는 큰 턱으로 바구미의 긴 주둥이를 물어서 움직이지 못하게 하는 것이었습니다.

버둥거리는 바구미의 등을 누르더니 가슴 관절이 열리자 꽁무니를 바구미의 몸 아래로 집어넣고 재빨리 독침을 두세 번 쏘았습니다.

그 순간 바구미는 벼락이라도 맞은 것처럼 꼼짝하지 않았습니다. 그러자 벌은 바구미를 안고 날아갔습니다.

나는 바구미 세 마리로 실험했는데, 결과는 모두 같았습니다. 나는 이런 식으로 노래기벌이 가져온 먹이를 바꿔치기하면서 관찰을 계속했습니다.

'노래기벌의 먹이는 왜 이렇게 확실하게 정해져 있는 것일까? 그리고 비단벌레와 바구미는 모양도 색깔도 전혀 닮지 않았는데 어떻게 둘 다 노래기벌의 표적이 되는 것일까?'

벌에 쏘인 바구미의 몸을 아무리 뒤져 봐도 침 맞은 자국이나 핏자국을 발견할 수 없었습니다. 그런데도 바구미의 운동 능력은 완전히 사라진 것입니다.

바구미가 살아 있지만 전혀 움직이지 못하는 것은 마취되었기 때문이라는 생각이 들었습니다.

마취하는 방법은 한 군데 또는 몇 군데의 신경에 상처를 내거나 신경을 잘라서 움직이는 능력을 없애는 것입니다.

곤충의 신경은 배와 가슴이 연결된 부위에 있습니다. 그러므로 독침을 찌르는 곳은 아래쪽일 거라는 생각이 들었습니다.

벌은 가늘고 약한 침으로 딱딱한 갑옷을 두른 바구미를 찔러

야 합니다. 게다가 단번에 상대를 제압하지 않으면 자신이 위험해지므로 신경의 중심인 신경절을 공격해야만 합니다.

곤충의 성충에는 반드시 세 개의 가슴 신경절이 있습니다.

여기에서 날개 두 쌍과 다리 세 쌍으로 연결되는 신경이 나옵니다. 이곳을 독침으로 찔러서 신경을 마비하면 곤충의 운동 능력은 없어지게 됩니다.

벌이 침으로 바구미를 쏠 때는 갑옷의 틈을 노려야 합니다. 틈은 두 군데에 있는데, 하나는 목과 가슴의 연결 부위이고, 또 하나는 앞다리와 가운뎃다리 사이입니다.

이곳에 침을 찌르면 운동 신경의 중심부까지 독이 퍼지게 됩니다.

곤충의 운동 기관을 움직이는 가슴 신경절은 세 개인데, 신경절은 저마다 어느 정도 독립적으로 작용합니다. 그래서 그 가운데 하나만 이상이 생긴다면 다른 신경절을 따라 움직이는 다리는 영향을 받지 않습니다.

그러면 노래기벌은 신경절 세 개에 모두 독침을 쏘았을까요?

그것은 거의 불가능한 일입니다. 에밀 블랑샤르의 연구 기록에 따르면, 갑충의 신경절은 세 개가 따로 떨어져 있는 것도 있고 거의 맞붙어 있는 것도 있다고 합니다.

그러니까 노래기벌의 먹이로는 신경절 세 개가 맞붙어 있어서 하나에만 독이 퍼지면 신경을 전부 못 쓰게 되는 구조를 가진 갑충이 적당하다는 결론을 얻을 수 있었습니다.

쇠똥구리, 풍뎅이붙이, 통나무좀, 비단벌레 그리고 바구미가 여기에 속하는 곤충들입니다.

쇠똥구리는 노래기벌이 잡기에 너무 크고 통나무좀은 너무 작습니다. 풍뎅이붙이는 시체를 먹는 곤충이기 때문에 노래기벌이 별로 좋아하지 않습니다.

그러므로 남는 것은 비단벌레와 바구미입니다. 이 둘은 겉으로 보기에는 전혀 닮지 않았지만, 신경절이 한곳에 뭉쳐 있다는 점에서 공통점이 있습니다.

나는 노래기벌에게서 배운 것을 실험해 보기로 했습니다. 펜 끝에 암모니아를 조금 묻힌 뒤 곤충의 앞가슴 관절을 가볍게 찔러 보았습니다. 그랬더니 가슴 신경절이 한곳에 모인 곤충과 신경절이 따로 떨어져 있는 곤충의 반응이 전혀 달랐습니다.

신경절이 모여 있는 곤충들은 암모니아 방울이 신경절에 닿는 순간 운동이 완전히 멎어서 1개월이 지나도 관절이 유연하고 내장도 신선한 상태였습니다.

배설도 정상적으로 했고 전기로 충격을 주면 경련을 일으켰습니다. 다시 말하면 노래기벌에 쏘인 비단벌레나 바구미는 똑

같은 반응을 나타내는 곤충입니다.

한편, 신경절이 따로 떨어져 있는 딱정벌레와 먼지벌레의 경우는 경련을 일으키다가 어느 정도 시간이 지나면 정상으로 돌아갑니다. 먼지벌레붙이와 하늘소류도 비슷합니다.

이런 곤충을 움직이지 못하게 하려면 암모니아의 양을 늘려야 하는데 그렇게 되면 이내 죽고 맙니다.

이처럼 암모니아 주사는 신경절이 모여 있는 갑충에게는 효과가 지속적이지만, 떨어져 있는 갑충에게는 효과가 일시적이라는 것을 알게 되었습니다.

이처럼 노래기벌이 생리학과 해부학에 정통한 사람처럼 먹이를 선택하여 사냥하는 것은 우연이라기보다는 그 곤충의 본능이라는 결론을 얻을 수 있었습니다.

구슬을 빚는 쇠똥구리

맑은 봄날, 들에 나가 가축의 똥이 많은 곳을 잘 살펴보면 여러 가지 종류의 똥풍뎅이를 볼 수 있습니다.

똥풍뎅이는 세계 어느 지역에서나 볼 수 있습니다. 다만 지역에 따라 생긴 모습이 약간씩 다르고, 먹이인 배설물의 종류에 따라 크기와 몸 빛깔에 차이가 있습니다.

아프리카나 동남아시아의 똥풍뎅이들은 코끼리 똥을 주로 먹고, 온대 지방의 똥풍뎅이들은 주로 소똥을 먹습니다.

사막 지역에서는 낙타 똥으로 빚은 둥근 구슬을 굴리며 뒷걸음질 치는 쇠똥구리를 흔히 볼 수 있습니다.

쇠똥구리가 머리를 아래로 처박고 뒷다리를 위로 치켜들고서는, 가끔은 실수로 나자빠지기도 하며 커다란 구슬을 굴리고 가는 모습은 언뜻 우스꽝스럽기도 합니다.

내가 아비뇽 근처의 고원 지대에서 쇠똥구리에 대한 관찰을 시작한 지도 어느새 30년 가까이 됩니다.

나는 처음에는 쇠똥구리의 구슬이 알을 낳고 애벌레를 키우기 위한 아기 집이 아니라 식량으로 쓰인다는 것과 그 밖의 몇몇 생활 습관을 알아냈을 뿐이었습니다.

쇠똥구리가 알을 낳아 어떻게 애벌레를 먹이고 키우는지는 알아내지 못했습니다.

나는 양치기 소년의 도움으로 이에 대한 궁금증을 풀어 나갈 수 있었습니다. 나는 오래전부터 양치기 소년에게 부탁을 했습니다. 시간이 되는 대로 쇠똥구리가 살아가는 모습을 눈여겨 봐 달라고 말입니다.

그러던 어느 일요일 아침이었습니다.

양치기 소년이 숨을 헐떡이며 내게 달려왔습니다.

"이걸 좀 보세요, 선생님."

양치기 소년이 손바닥을 펴 보이며 말했습니다. 소년의 손바닥에는 누렇게 잘 익은 배 모양의 큰 구슬 같은 것이 쥐어져 있었습니다. 쇠똥구리가 기어 나온 땅속에서 파낸 것이라는 설명이었습니다.

그것은 곤충이 만들었다고 하기에는 정말로 신기한 물건이었습니다. 코끼리 상아를 깎아서 만든 달걀 같기도 했고 단단한 나무를 깎아서 만든 팽이 같기도 했습니다. 빛깔도 아주 고왔습니다.

손끝으로 누르면 딱딱한 느낌이 드는 데다 부드러운 곡선으로 되어 있어서 신비하다는 말밖에는 달리 표현할 말이 없었습니다.

"이 아름다운 물건을 정말 쇠똥구리가 만들었을까? 이 속에 쇠똥구리의 알이나 애벌레가 들어 있기나 할까?"

내 물음에 양치기 소년은 분명히 그렇다고 대답했습니다. 흙을 파헤칠 때 이것과 똑같이 생긴 것을 잘못해서 건드렸는데, 그 속에 밀알만한 흰빛의 알맹이들이 들어 있었다고 말했습니다. 그러나 나는 그의 말을 완전히 믿을 수는 없었습니다.

다음 날 새벽에 나는 그와 함께 쇠똥구리 집을 찾아 나섰습니다. 양치기 소년이 가리키는 곳에 정말로 쇠똥구리 집이 있었습니다.

양치기 소년은 그곳을 손으로 파헤쳤습니다. 나는 쇠똥구리 집을 잘 관찰하기 위해 땅 위에 배를 깔고 납작 엎드렸습니다.

양치기 소년은 한 손으로는 흙을 파고, 다른 손으로는 허물어져 내리는 흙을 걷어 올렸습니다.

마침내 쇠똥구리의 지하실 구멍이 정체를 드러냈습니다. 드러난 구멍에는 양치기 소년이 말한 대로 누런 빛깔의 알맹이들이 쌓여 있었습니다.

어미 쇠똥구리가 만든 영롱한 알맹이들을 땅속에서 확인하니, 양치기 소년이 손에 구슬을 쥐고 와서 보여 주던 때의 기쁨과는 비교가 되지 않았습니다.

나는 정말로 기뻤습니다.

우리는 계속해서 두 번째 쇠똥구리 집을 찾았습니다. 그 속에도 모양이 똑같은 구슬이 들어 있었습니다. 알맹이 두 개를 비교해 보니 아주 똑같았습니다.

그런데 더 중요한 사실은 두 번째 발견한 구멍 속에는 구슬을 안고 있는 어미 쇠똥구리가 있었다는 것입니다. 구멍을 떠나기 전에 마지막 손질을 하고 있던 모양이었습니다.

이제 나의 의문은 하나둘 벗겨지기 시작했습니다.

그 누런빛을 띤 구슬은 쇠똥구리가 만든 것이 틀림없다는 사실을 알게 된 것입니다. 양치기 소년의 말이 맞았습니다.

그 뒤로 나는 여름 내내 거의 날마다 쇠똥구리를 찾아다녔습니다. 쇠똥구리 구멍을 발견하면 나무 주걱으로 조심스럽게 흙을 파헤쳤습니다.

이러한 작업의 결과로 나는 쇠똥구리 구슬을 약 100개나 찾아냈습니다. 모두 모양이 아름답고 우아한 것들이었습니다.

쇠똥구리 집은 흙이 쌓여 있는 곳이라 조금만 관심을 가지면 금방 찾아낼 수 있습니다.

땅바닥에서부터 약 10센티미터 되는 깊이에, 사람 주먹이 들어갈 만한 구멍이 바로 쇠똥구리 집입니다.

쇠똥구리 집에는 먹이에 둘러싸인 알이 있습니다. 알들은 흙을 통해 들어오는 태양열로 부화하고 마침내 애벌레가 바깥세상으로 나옵니다.

쇠똥구리는 이 널찍한 방 안에서 장차 태어날 새끼를 위해 누런 배 모양 구슬을 만들어 냅니다.

쇠똥구리가 빚어 낸 배 모양 구슬은 처음에는 진흙처럼 무르지만, 시간이 지나면 단단하게 굳습니다.

손톱으로 눌러도 자국이 안 생길 정도로 단단해진 겉면은 그 안에 있는 애벌레를 적에게서 보호하는 역할을 합니다. 애벌레는 이 보호막 속에서 편안하게 먹이를 먹으며 자랍니다.

쇠똥구리에 대한 관찰에서 다음으로 내가 알고 싶은 것은 애벌레가 있는 위치였습니다. 과연 애벌레가 배 모양 구슬의 어느 부분에 들어 있는가 하는 점이었습니다.

나는 배 모양 구슬의 둥그런 부분을 칼끝으로 조심스럽게 벗겨 나갔습니다. 벗겨 나가다 보면 어딘가에 쇠똥구리 알이 들어 있을 거라는 생각 때문이었습니다.

그러나 그 안에서 애벌레를 쉽게 찾을 수는 없었습니다.

더 확인해 본 결과, 쇠똥구리 알은 배의 꼭지에 해당하는 부분, 즉 조롱박의 손잡이처럼 생긴 곳에 들어 있었습니다.

쇠똥구리 애벌레의 방은 벽이 반들반들하게 잘 다듬어져 있습니다. 길이는 10밀리미터쯤 되고, 너비는 가장 넓은 곳이 5밀리미터쯤 됩니다.

그 속에 있는 쇠똥구리 알은 하얀 빛깔로 타원형입니다. 방 안의 벽과 알 사이는 꼭지 부분을 제외하고는 전부 떨어져 있습니다.

쇠똥구리 애벌레의 방은 왜 이런 구조로 되어 있는지 몹시 궁금했습니다.

어미 쇠똥구리는 모든 것을 갖춰 놓고 애벌레를 먹이와 함께 남기고 떠나야만 합니다. 어미가 떠나간 뒤 애벌레에게 닥칠 가장 큰 위험은 바로 먹이가 말라서 굳어 버리는 일입니다.

애벌레가 살고 있는 배 모양 구슬은 두께가 10센티미터 정도 되는 흙 지붕 아래 있습니다. 폭염이 내리쬐는 여름이면 땅속에 있는 애벌레의 방도 몹시 뜨거울 것입니다.

이렇게 되면 뜨거운 열 때문에 눅눅하게 보존되어야 할 애벌레의 먹이가 돌멩이처럼 굳어 버릴 수 있습니다. 그렇게 되면 애벌레는 먹이를 먹을 수 없어서 굶어 죽게 됩니다.

나는 실제로 쇠똥구리 집을 관찰하면서 그렇게 죽어 간 애벌레를 여러 마리 보았습니다.

이러한 위험을 방지하기 위해 쇠똥구리는 두 가지 방법을 쓴다는 것을 알 수 있었습니다.

그 방법 중 하나는 구슬의 겉면을 단단하게 다지는 일입니다. 그리고 다른 하나는 기하학적인 구조로 알 집을 만든다는 것입니다.

수분이 증발하는 속도는 공기와 닿는 면적에 비례합니다.

그러므로 조금이라도 먹이가 덜 마르게 하기 위해서는 전체 부피는 가장 크게 하되, 열이 전달되는 겉면은 가장 작은 구조라야 합니다. 그러한 구조가 바로 둥그런 공 모양입니다.

조롱박의 목처럼 만든 부분에도 어미 쇠똥구리의 깊은 뜻이 숨어 있습니다.

모든 생물이 살아가는 데에는 공기가 필요합니다. 이미 성장한 애벌레라면 조금씩 스며드는 공기로도 살아남을 수 있지만,

아직 움직이지 못하는 알은 공기가 충분하지 않으면 질식해서 죽고 맙니다.

생물이 사는 데에는 공기 외에도 열이 필요합니다. 이러한 조건을 가장 과학적으로 갖춘 것이 바로 쇠똥구리의 알 집입니다.

소중한 알 집을 아름답게 빚어 낸 쇠똥구리야말로 자연의 가장 뛰어난 조각가라고 부를 만합니다.

여름철의 명가수 매미

　매미는 여름철 내내 나무에 붙어서 노래합니다. 그래서 자칫 이솝 우화의 '개미와 베짱이'에 나오는 베짱이처럼 게으르다고 생각할 수도 있습니다.

　그러나 그렇게 생각을 한다면 매미는 억울한 누명을 뒤집어 쓴 셈입니다. 매미는 결코 베짱이처럼 게으른 곤충이 아니니까요.

　찌는 듯이 무더운 여름날, 다른 곤충들은 목이 말라서 어쩔 줄 모를 때에도 매미만큼은 끄떡없습니다. 가느다란 대롱처럼 생긴 입을 나무줄기에 찔러 넣기만 하면 시원하고 달콤한 수액을 빨아 먹을 수 있으니까요.

　사람들의 눈에는 잘 보이지 않지만 매미가 나무줄기에 구멍을 내면 많은 수액이 흘러나옵니다. 그러면 냄새를 맡은 말벌, 파리집게벌레, 땅벌, 꽃무지, 개미 등이 우르르 몰려듭니다.

작은 벌레들은 수액을 받아먹고 싶어서 매미 배 아래로 들어가려고 합니다. 너그러운 매미는 몸을 좀 들어서 이들을 밑으로 들여보내 주기도 합니다.

큰 벌레들은 서로 가까이 가려고 아우성치면서 주인인 매미를 아예 나무에서 쫓아내려고 합니다.

이때 가장 극성스러운 것이 바로 개미입니다. 개미는 매미 다리에 달라붙기도 하고, 날개를 물어 당기기도 하고, 심지어는 매미의 입을 물어뜯기도 합니다.

견디다 못한 매미는 하는 수 없이 오줌을 찌익 뿌리고는 멀리 날아가 버립니다.

이처럼 수액을 마시며 시원한 목소리로 열심히 노래하는 매미는 길어야 3, 4주 정도밖에 살지 못합니다. 죽어서 땅에 떨어진 매미의 몸은 열심히 먹이를 찾아다니는 개미의 좋은 식량이 됩니다.

아직 숨이 끊어지지도 않은 매미의 몸에 개미들이 달라붙어서 물어뜯는 모습을 종종 보게 됩니다.

프로방스 지방에서는 6월 하순부터 매미가 울기 시작합니다. 이 무렵 사람들의 발길로 단단해진 오솔길을 잘 살펴보면 엄지손가락이 들어갈 만한 구멍을 발견할 수 있습니다.

이 구멍은 바로 매미 애벌레인 굼벵이가 성충이 되기 위해 땅속에서 기어 나온 흔적입니다.

나는 굼벵이가 기어 나온 구멍을 자세히 살펴보았습니다. 수직으로 뚫린 구멍은 무척 단단했고 벽은 시멘트를 바른 것처럼 반질반질했습니다. 깊이는 40센티미터 정도 되는데, 맨 아래 바닥에는 꽤 넓은 방이 만들어져 있습니다. 그런데 이상하게도 구멍을 팔 때 나왔을 흙은 어디에서도 찾을 수 없었습니다.

이 구멍은 굼벵이가 매미가 되기 위해서 대기하는 집입니다. 매미가 되려면 허물을 벗어야 하는데, 날씨가 나쁘면 날개를 잘 펼 수 없습니다. 그렇기 때문에 굼벵이는 몇 달 동안이나 공을 들여 그 속에서 좋은 날씨가 오기를 기다립니다.

구멍 입구는 사람 손가락 하나 들어갈 만큼만 남겨 둡니다. 너무 넓게 밖과 통해 있으면 적이 쉽게 들어올 수 있기 때문입니다.

굼벵이는 구멍을 타고 올라가서 바깥 날씨를 살핍니다. 비가 올 것 같거나 추우면 다시 방으로 내려와 날씨가 좋아지기를 기다립니다.

그러다가 '지금이다!'라고 생각하면, 튼튼한 앞다리로 흙을 파헤치고 바깥세상으로 나옵니다.

그런데 굼벵이는 파낸 흙을 도대체 어디에 두는 것인지 그게 궁금했습니다. 그리고 구멍 벽은 어떻게 했기에 그토록 시멘트를 바른 것처럼 반질거리는지 알고 싶었습니다.

땅속에서 나오는 굼벵이의 몸은 온통 진흙투성이입니다.

날카로운 앞다리에도 진흙이 덕지덕지 달라붙어 있습니다. 바싹 말라붙은 땅속에서 나왔는데 왜 그런 것인지 알 수 없는 일이었습니다.

그러한 궁금증으로 가득 찬 어느 날 새벽에 나는 운 좋게도 굼벵이가 구멍을 뚫고 나오는 것을 볼 수 있었습니다.

이때 발견한 굼벵이는 이미 밖에 나와 있는 굼벵이보다 색깔이 훨씬 연했고, 눈도 하얀 것이 흐려 보였습니다.

내가 그전에 보았던, 땅 위에 나온 지 오래된 굼벵이의 눈은 검고 광택이 났습니다. 두 모습이 선명하게 비교가 되었습니다.

굼벵이의 눈은 땅속에서는 잘 보이지 않다가 밖으로 나오면 차츰차츰 잘 보이게 되는 모양입니다. 땅속에서는 눈이 별로 필요하지 않으니까요.

굼벵이의 몸은 퉁퉁 불어 있었습니다. 내가 막 나오는 녀석의 몸을 잡았더니, 찌익 하고 오줌을 쌌습니다. 나는 그 순간 깜짝 놀랐지만 중요한 사실을 알아냈습니다.

그때부터 비밀이 풀리기 시작했습니다. 바로 이 오줌으로 굼벵이는 흙을 짓이겨서 시멘트 같은 진흙을 만들었고, 그것을 배로 밀어 발라서 벽을 그렇게 매끄럽게 만들었던 것입니다.

매미가 되면 흙을 반죽할 필요는 없지만, 오줌은 계속 나오게 되어 있습니다. 수액을 빨아 먹은 뒤 필요 없는 수분은 바로 배출할 수 있도록 말입니다.

하지만 구멍을 모두 바르려면 오줌이 많이 필요합니다. 굼벵이는 어디서 그 많은 수분을 얻는지 궁금했습니다.

나는 구멍을 여러 개 파 보았습니다. 구멍 여러 개에서 공통점을 발견했습니다. 곧바로 해답이 나왔습니다. 구멍 바닥에는 반드시 나무뿌리가 있었던 겁니다.

'그래, 바로 이거다. 굼벵이는 나무뿌리에서 수분을 얻는 거야!'

굼벵이는 나무뿌리가 있는 곳에 방을 만든 다음에, 구멍을 계속 뚫다가 오줌주머니가 비면 나무뿌리에서 물을 빨아 먹는 것입니다.

그리고 그 오줌 물로 흙을 짓이겨서 진흙을 만들고 구멍의 벽에 발라 단단하게 만드는 것이었습니다.

굼벵이는 어둑어둑한 새벽에 땅속에서 기어 나옵니다. 날개 있는 성충으로 변하기 전에는 몸이 부드러워서 다른 곤충의 먹이로 아주 좋습니다. 그리고 걸음도 느려서 도망치거나 방어할 수 없기 때문에 무척 위험합니다.

그래서 그들은 작은 새와 같은 적들이 활동하지 않는 틈을 타서 새벽에 나오는 겁니다.

땅 위로 나온 굼벵이는 땅 위를 기어가면서 꼭 붙들 수 있는 것을 찾습니다.

보릿대 같은 식물의 줄기나 나무줄기 등이 붙들기에 좋습니다. 꼭 붙들고서 가만히 있는 동안 물렁했던 앞다리가 말라서 차츰차츰 단단해집니다. 이 정도만 되면 이제는 바람이 불어도 절대로 떨어지지 않습니다.

얼마 뒤 등이 세로로 갈라지고, 거의 동시에 가슴도 갈라지고, 다음에는 눈 부분이 가로로 갈라지면서 투명한 연녹색 등과 아름다운 빨간 눈이 보이기 시작합니다.

매미는 몸을 부풀렸다 오므렸다 하면서 조금씩 껍질에서 빠져나옵니다. 맨 먼저 등이 나오고 그다음에는 머리, 그리고 앞다리가 나옵니다. 몸이 반 이상 나온 매미는 윗몸을 뒤로 젖혀서 힘껏 하늘을 봅니다.

그러면 뒷다리와 날개가 나오는데, 막 나온 날개는 쪼글쪼글

하고 물기에 젖어 있습니다. 여기까지의 과정은 십 분 정도밖에 걸리지 않습니다.

이제 매미의 꼬리 끝 부분만 껍질 속에 남아 있습니다.

껍질은 물기가 마르면서 점점 바삭바삭해집니다. 매미가 머리를 숙이고 몸을 한껏 뒤로 젖히면 허리에 붙어 있던 날개가 쫙 펴집니다. 이윽고 매미는 아주 천천히 몸을 다시 일으킨 다음, 앞다리로 껍질을 붙들면서 매달립니다.

그 순간 꼬리 부분이 껍질에서 마지막으로 빠져나오게 됩니다. 드디어 몸 전체가 밖으로 나왔습니다. 여기까지 삼십 분 정도의 시간이 걸렸습니다.

그러나 아직 완전한 매미의 모습은 아닙니다. 날개는 아직도 축축하게 젖어 있고, 색깔도 연녹색을 띠고 있습니다. 가슴 부분만 연한 갈색이고 몸통은 갓 돋아난 새싹처럼 신선해 보이는 연둣빛입니다.

이렇듯 물렁물렁한 매미의 몸을 딱딱하게 만들고 갈색으로 변화시키려면 바람과 햇볕을 쐬며 기다려야 합니다.

이제 점차 날이 밝아 옵니다. 우화가 시작된 지 세 시간이 지나도록 큰 변화는 보이지 않습니다.

그러다가 서서히 몸 색깔이 짙어지는데 삼십 분 정도 지나면 보통 매미와 똑같은 색깔로 변합니다.

 이제부터 매미는 훨훨 날아다니며 지상에서의 생활을 즐기기 시작합니다. 여름철에 풀 줄기나 가는 나무줄기를 잘 살펴보면 바삭바삭한 매미 허물이 붙어 있는 것을 볼 수 있습니다.
 등 부분에서 갈라진 얇은 갈색 허물은 망가지지 않고 겨울까지 그대로 대롱대롱 매달려 있기도 합니다.
 여름 하면 매미를 떠올릴 만큼 매미는 노래를 좋아하고 소리도 큽니다. 그런데 노래하는 것은 수컷뿐이고, 암컷은 전혀 소리를 내지 않습니다.
 사람들은 흔히 수컷이 암컷을 부르느라고 운다고 하는데, 대부분 암컷과 수컷은 아주 가까이에 있기 때문에 꼭 그렇지는 않을 거라고 생각합니다.

 나는 아직 매미가 노래하는 이유까지는 정확히 모릅니다. 울음소리를 내는 수컷을 뒤집어 보면 가슴 아래쪽, 즉 뒷다리가 붙어 있는 곳에 비늘처럼 생긴 단단한 판이 두 장 있습니다. 이것을 배판이라고 하는데, 그 밑에는 큰 구멍이 뚫려 있습니다. 이것이 바로 공명실입니다.
 소리를 내는 곳은 뒷날갯죽지 바로 밑의 조금 튀어나온 부분입니다. 이것을 등판이라고 하는데, 그 안쪽에 발음막이 있습니다. 거기에 붙어 있는 근육인 발음근이 수축하면 발음막이 당겨져서 소리가 납니다.

발음근은 1초 동안 약 백 번이나 수축과 이완을 되풀이하는데, 그러면 발음막이 작은 소리를 냅니다. 그 작은 소리가 공명실에 전달되어 큰 소리로 변합니다.

매미는 주변에서 시끄러운 소리가 들려도 놀라지 않습니다. 사람의 손에 잡혀서도 계속 울어 댑니다.

매미에게는 커다란 겹눈 두 개와 머리 한가운데에 작은 홑눈 세 개가 있습니다. 그래서 사람이 다가가면 노래를 멈추고 즉시 달아나지만 매미가 못 보는 곳에 숨어서 손뼉을 치거나 소리를 지르면 끄떡도 않고 계속 노래를 합니다.

마을 축제가 열리는 날, 나는 작은 대포를 빌려서 쏘았는데도 매미들은 노래를 그치지 않았습니다. 나는 이 실험을 하고 매미는 귀가 잘 들리지 않는 거라고 생각하게 되었습니다.

어른이 된 암매미는 2, 3주가 지나면 산란을 시작합니다. 나는 트루보랑이라는 식물의 매끄러운 줄기에 알을 낳고 있는 매미를 발견했습니다.

매미는 알 낳는 일에 몰두하느라 나를 미처 발견하지 못한 모양이었습니다. 배 끝을 실룩거리면서 1센티미터 정도 되는 산란관을 줄기 속으로 비스듬히 넣는 것을 볼 수 있었습니다.

산란관을 자세히 보니 한가운데에는 관이 있었고, 그 양쪽에는 단단한 나무껍질도 쉽게 자를 것 같은 톱 모양의 것이 교대로 움직이고 있었습니다.

산란관을 줄기 속에 집어넣은 지 10분 정도가 지나면 산란관을 천천히 빼내고 1센티미터 정도 위로 올라가서 다시 산란관을 박습니다. 매미는 이렇게 위로 올라가면서 알을 낳습니다.

내가 조사한 물푸레나무매미의 경우, 알 구멍의 깊이는 0.5 ~ 1센티미터 정도였고, 3, 40개나 되는 구멍 속에는 일정하지는 않지만 알이 평균 열 개 정도 들어 있었습니다.

암매미가 알을 낳을 때는 조그맣게 생긴 매미알좀벌이 조심조심 따라붙습니다. 이 작은 벌은 알을 낳는 매미를 따라다니면서 매미 알 위에 자기 알을 낳습니다.

이 알은 깨면서 매미 알을 전부 먹어 치웁니다. 아마도 이 벌이 없다면 매미 수가 엄청나게 늘어날 것입니다.

그렇게 되면 수많은 매미들이 나무 수액을 모두 빨아 먹어서 나무란 나무는 모두 말라 죽을지도 모릅니다. 따라서 매미들도 멸종되고 말 것입니다.

10월에 트루보랑 식물 줄기를 조사한 나는 애벌레가 나온 뒤에 남은 하얀 알껍데기를 볼 수 있었습니다. 나는 애벌레가 둥지에서 나오는 모습을 보기 위해 매미 집이 있는 줄기를 묶어서 연구실로 가져왔습니다.

난로 앞에서 마른 줄기를 확대경으로 관찰하는 순간 애벌레가 집 속에서 나오기 시작했습니다. 난롯불이 햇볕을 쬔 것과 같은 효과를 냈기 때문입니다.

애벌레는 모양이 알처럼 생겼고, 커다란 검은 눈 두 개가 점처럼 찍혀 있었습니다. 알의 앞쪽에 난 큰 구멍으로 애벌레가 기어 나왔습니다.

갓 깬 애벌레는 검은 점 두 개를 찍어 놓은 것 같습니다. 자세히 살펴보면 배 부분에 지느러미 같은 것이 붙어 있습니다. 이것은 두 개의 주머니 속에 들어 있는데, 이런 상태의 애벌레를 전애벌레라고 합니다.

줄기 속에 만들어진 집에서 나오는 길이 매우 좁고, 줄기 속이 다른 알로 가득 차 있기 때문에 이런 이상한 모습을 하고 있는 것입니다.

구석 쪽에서 깬 애벌레는 먼저 깬 알껍데기들에 걸리지 않도록 알 모양을 하고 있고, 앞다리가 든 주머니는 지렛대처럼 밀고 나오는 일을 돕습니다.

반 시간 정도 걸려 밖으로 나오면 곧 껍질을 벗고 1령 애벌레가 됩니다. 1령 애벌레한테는 더듬이와 긴 다리가 있고, 곡괭이같이 생긴 앞다리가 있습니다.

 1령 애벌레는 한동안 껍질 속에 꼬리를 집어넣은 채로 흔들립니다. 바위나 고인 물, 땅 위에 떨어진 애벌레는 개미나 알좀벌에게 먹히기도 하고 일부는 얼어 죽기도 합니다.

 여기저기 돌아다니다가 드디어 파고들어 갈 자리를 잡은 애벌레는 흙을 파헤치고 땅속으로 들어가서 몇 년 동안 나오지 않습니다.

 애벌레가 땅속에서 어떻게 생활하는지는, 이웃에 살고 있는 농부가 밭을 갈다가 찾아낸 애벌레 백여 마리를 가져다주었기 때문에 알 수 있었습니다.

 내가 그동안 관찰하고 연구한 결과를 종합해 보면, 매미가 땅속에서 지내는 기간은 4년이라고 추측할 수 있습니다.

 바깥세상에서 아름다운 매미로 살 수 있는 2, 3주에 비해 지하의 어둠 속에서 지내는 4년은 매우 긴 시간입니다.

 이렇듯 지상에서의 짧은 생활을 위해 오랫동안 땅속에서 견디어 냈으니, 매미가 여름철 내내 마음껏 우는 것은 결코 무리한 일이 아니라는 생각입니다.

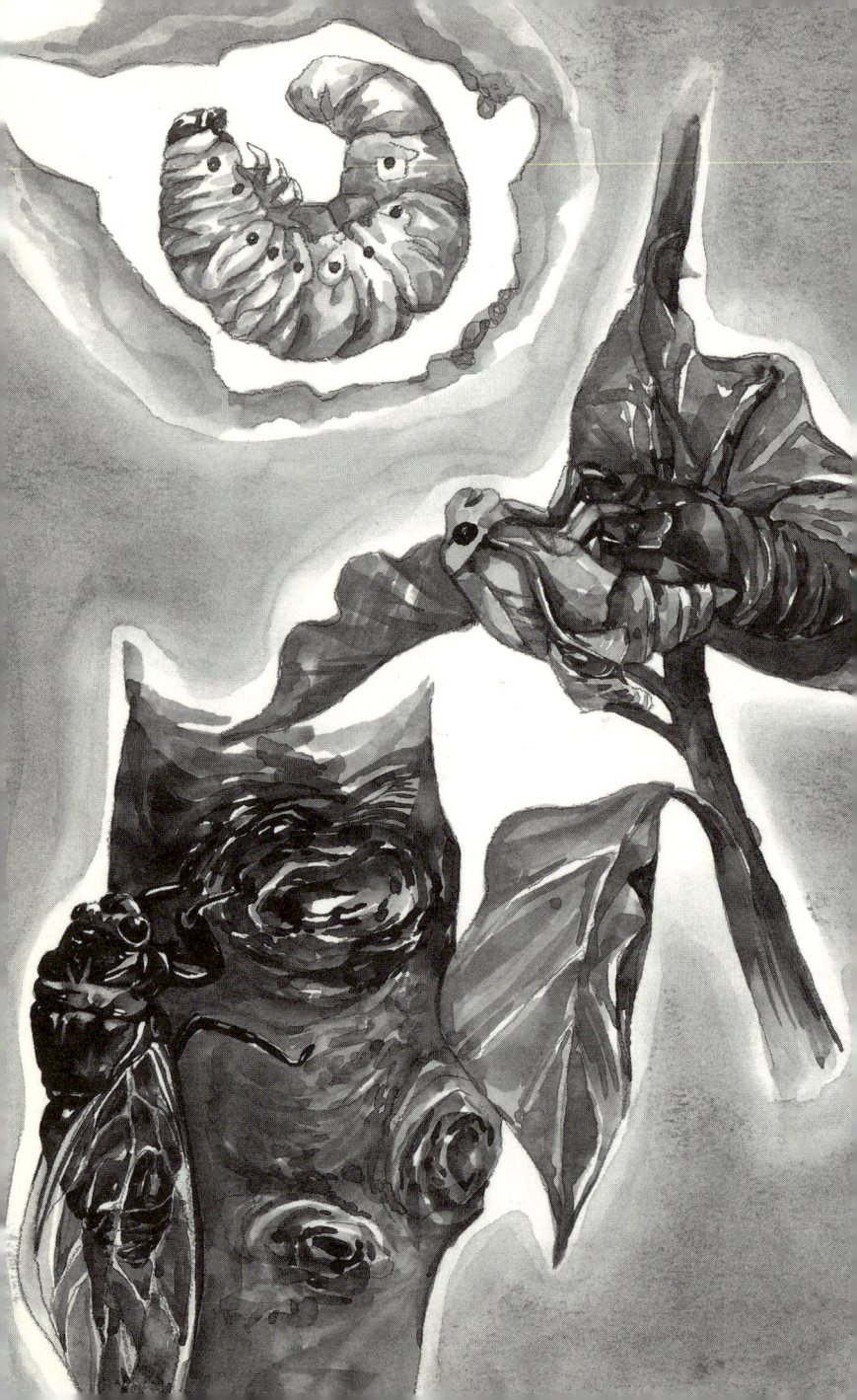

그물을 짜는 과학자 거미

거미가 그물을 짜는 모습을 보고 있노라면 누구라도 놀라지 않을 수 없을 겁니다. 그물 짜는 솜씨가 정말로 뛰어나기 때문입니다.

거미는, 파리 두세 마리를 잡아먹기 위한 것치고는 너무나 치밀하고 놀라운 솜씨로 그물을 짭니다.

거미의 그물 짜는 모습을 자세히 보고 싶으면 여러 번에 걸쳐서 관찰해야 합니다.

그물 짜기 작업은 너무 복잡한 것이어서 한 번만으로는 아주 작은 부분만 볼 수 있기 때문입니다.

오늘 한 부분을 관찰하고, 내일 또 그다음 부분을 관찰하는 식으로 해야 합니다.

7월의 어느 날, 해 질 무렵이었습니다.

나는 집 대문 앞에서 크나큰 거미 한 마리를 발견했습니다.

거미는 한낮에는 나무 그늘 같은 데에서 숨어 지내다가 저녁이 되면 밖으로 기어 나옵니다. 그러고는 작은 나뭇가지 꼭대기로 올라가서 그물을 만들 만한 적당한 장소를 찾습니다.

큰 몸집으로 보아 분명 나이가 든 왕십자거미였습니다.

왕십자거미는 회색 바탕에 두 줄의 검은 줄무늬를 배에 두르고 있습니다. 아랫배는 좌우로 퍼져 있어서 언뜻 뚱뚱해 보입니다.

거미는 갑자기 다리 여덟 개를 쫙 벌리고는 아래쪽으로 곧장 떨어졌습니다. 이때 꼬리 부분에 달린 주머니에서 명주실처럼 아름다운 거미줄이 쭉쭉 뽑혀 나왔습니다.

아래쪽으로 떨어질 때의 거미 몸무게는 거미줄을 뽑아내는 속도의 힘이 됩니다.

거미는 땅 위로 7, 8센티미터쯤 되는 곳까지 내려오다가 갑자기 멈췄습니다.

언뜻 보면, 이 큰 거미는 다리를 벌리고 그냥 공중에 떠 있는 것처럼 보였습니다. 그러나 실제로는 자기가 뽑아낸 가는 실에 매달려 있는 것이었습니다.

잠시 뒤 거미가 방향을 바꾸더니 조금 전에 자기가 뽑아낸 실을 타고 위쪽으로 올라갔습니다.

떨어져 내릴 때 몸무게를 이용했던 것과는 달리, 이번에는 뒷다리 두 개를 쉴 새 없이 움직여 거미줄 주머니에서 실을 뽑아냅니다.

이렇게 출발점으로 되돌아오면 거미줄은 두 겹이 됩니다.

이 작업까지 끝낸 거미가 거미줄의 한쪽 끝을 나뭇가지에 붙들어 맸습니다. 그러고는 다른 한끝이 바람에 흔들려 근처의 나뭇가지에 날아가서 달라붙기를 조용히 기다렸습니다.

기다리는 시간이 상당히 길어질 때도 있습니다. 거미의 참을성 있는 기다림 앞에서는 관찰하는 사람이 오히려 조바심이 날 정도입니다.

기다리다가 지친 나는 조바심이 나서 거미의 일을 거들어 주기로 했습니다. 그래서 나는 지푸라기로 바람에 흔들리고 있는 거미줄 끝을 적당한 나뭇가지에 걸쳐 주었습니다.

이렇게 해서 줄이 나뭇가지에 걸린 것을 확인한 거미는 실을 뽑아내며 양쪽을 왔다 갔다 바쁘게 움직이기 시작했습니다.

거미가 움직이는 횟수에 비례해 거미줄은 점점 더 굵어지고 튼튼해집니다.

언뜻 보면 한 가닥처럼 보이는 거미줄이지만 자세히 살펴보면 여러 가닥이 뭉쳐서 다발로 이루어진 것임을 알 수 있습니다.

이렇게 만들어진 굵은 줄은 걸쳐 놓은 다른 줄과는 비교도 안 될 만큼 질기고 튼튼합니다.

보통의 거미그물은 그날 밤 먹이 사냥이 끝나면 찢어지고 맙니다. 그래서 다음 날 저녁에는 새롭게 거미줄을 쳐야 합니다.

그러나 이 굵은 줄만은 그대로 다시 사용합니다.

이렇듯 기초가 되는 거미줄을 충분히 굵게 만들면, 이 줄을 이용해서 여러 방향으로 더욱더 많은 줄을 쳐 나갑니다.

줄과 줄 사이를 건너다니며 쉴 새 없이 뒷다리로 실을 뽑아 새로운 줄을 만들어 나갑니다.

이렇게 하면 마침내 다발로 되어 있는 굵은 줄 한복판을 중심으로 사방으로 퍼진 거미줄이 여러 가닥 만들어집니다.

이제부터 거미는 중심점에서 바깥쪽을 향해 방사형으로 그물을 쳐 나갑니다. 그렇게 해서 많은 방사형이 만들어집니다. 이들 방사형은 안에서 바깥쪽으로 나갈수록 점점 더 커집니다. 이것이 거미줄의 기본 테두리가 됩니다.

방사형으로 거미줄 설치를 마친 거미는 중심점으로 되돌아갑니다. 그리고 이제부터는 이를 중심으로 하여 빙글빙글 돌며 소용돌이 줄을 치기 시작합니다.

이 소용돌이 줄은 곡선인 것 같지만 실제로는 짧은 직선이 이어진 것입니다.

중심에서 출발한 거미는 소용돌이 줄을 몇 바퀴 치고는 갑자기 일을 멈추고 테두리 줄로 다시 돌아갑니다. 거기서 방향을 바꾼 거미는 바깥쪽에서 중심 쪽으로 들어오며 다시 소용돌이 줄을 치기 시작합니다.

거미는 뒷발 가운데 한 발로 주머니에서 가는 실을 뽑아내 안쪽에 있는 다른 뒷발로 넘겨줍니다.

그동안 앞발은 먼저 친 소용돌이 줄을 기준으로 삼아 방사형 줄에 새로운 소용돌이 줄을 붙일 만한 적당한 자리를 가늠합니다.

그와 동시에 앞발은 그 자리를 붙잡고 뒷발이 잡고 있는 새로 뽑은 실까지 끌어당깁니다. 뒷발에 잡혀 있는 끈끈한 줄이 앞발이 붙잡은 방사형 줄에 닿으면 끈끈한 줄 때문에 두 줄은 서로 달라붙습니다.

거미는 잠시도 쉬지 않고 소용돌이 줄을 치면서 가운데 쪽으로 갑니다. 중심에 이르면 거미는 다시 방향을 바꾸어 바깥쪽으로 나갑니다.

처음에는 눈에 보일까 말까 할 정도로 가늘던 소용돌이 줄이 거미가 지나가는 횟수가 많아지면 점점 더 굵어집니다. 이 소용돌이 줄을 치는 데는 30분 정도 걸립니다.

그물이 모두 만들어지면 중심에 많은 거미줄이 뭉쳐서 하얀 방석처럼 된 부분이 생깁니다.

거미가 마지막으로 하는 일은 이것을 먹어 치우는 일입니다. 이것은 거미의 위 속에서 소화되어 다음 실을 뽑아낼 때 그 재료가 됩니다.

왕십자거미의 그물 짜는 작업은 밤 9시 무렵에야 끝이 났습니다. 날씨가 활짝 개어서 거미가 먹이를 잡기에는 아주 좋은 조건이었습니다.

거미가 짠 사냥 그물에는 과학적으로 놀랄 만한 원리들이 응용되고 있습니다.

거미줄을 조사해 보면 소용돌이 줄은 방사형의 줄과는 다르다는 것을 알 수 있습니다. 우선 소용돌이 줄에는 끈적끈적한 물질이 묻어 있습니다.

끈끈한 줄에는 실제로 놀랄 만큼 물체가 잘 달라붙습니다. 밀짚으로 끈끈한 줄을 살짝만 건드려도 거침없이 달라붙습니다. 밀짚을 당기면 끈끈한 줄은 길이가 두세 배까지 늘어납니다.

그래도 계속 당기면 끊어지는 게 아니라 밀짚에서 떨어져 제자리로 돌아갑니다.

끈끈한 줄은 걸려든 먹이가 심하게 버둥거려도 끊어지지 않습니다. 그만큼 탄력성이 좋다는 뜻입니다.

이 줄에는 끈끈한 액체가 저장되어 있습니다. 바람에 건조되어 끈끈한 성질이 약해지면 저장된 끈끈한 액체가 줄의 겉면에 다시 공급되는 것입니다.

이 끈끈한 줄에는 걸려들지 않는 것이 없을 정도입니다. 바람에 날리던 민들레 씨앗도 살짝 닿기만 하면 곧바로 붙어 버립니다.

그런데 거미는 늘 거미줄에 있으면서도 왜 달라붙지 않을까요?

나는 어린 시절에 친구들과 함께 들에서 엉겅퀴벌레를 잡곤 했습니다.

그때 우리는 장대 끝에 끈끈이를 바르기 전에 끈끈이가 손에 달라붙지 않도록 기름 몇 방울을 손바닥에 발랐습니다. 그렇게 하면 아주 손쉽게 끈끈이를 다룰 수 있었습니다.

나는 어릴 적 체험을 떠올리며 거미에게도 실험해 보기로 했습니다.

나는 실험용 밀짚을 기름이 약간 묻은 종이로 문질렀습니다. 그것을 거미줄에 대었더니 달라붙지 않았습니다.

이번에는 살아 있는 거미의 다리 하나를 떼어 내서 기름을 잘 녹이는 이황화탄소에 15분 동안 담가 놓았습니다. 그리고 그 다리를 거미줄에 대 보았더니 철썩 달라붙었습니다.

이 실험으로 *끈끈한 줄*에 붙지 않도록 하는 물질이 거미 몸에 발라져 있다는 것을 알 수 있었습니다.

이렇게 특별한 준비를 하는 거미지만, 오랫동안 몸을 붙이고 먹이를 기다려야 하는 중심 부분에는 결코 *끈끈한 줄*을 사용하지 않습니다.

거미 자신도 이렇듯 조심하는 *끈끈한 줄*입니다.

이렇게 강력하고 끈끈한 줄을 거미는 과연 얼마만큼 뽑아낼 수 있을까요?

붉은십자거미는 거의 매일 저녁마다 새로운 그물을 짭니다. 이 거미는 끈끈한 줄을 7, 8월 동안에만 적어도 1킬로미터 이상 뽑아내는 셈입니다.

냄새로 암컷을 찾아오는 나방

5월의 어느 봄날 밤, 모두가 잠자리에 들었을 때 아들 폴이 나를 불렀습니다.

"아빠, 이것 좀 보세요! 새처럼 큰 나방들이 방 안에 가득해요."

폴의 말을 듣고 달려가 보니 방 안에는 큰 나방들이 떼를 지어 날아다니고 있었습니다. 폴은 재미있다는 표정으로 옷을 휘두르며 나방을 잡아서 새장에 가두고 있었습니다.

나방은 큰공작산누에나방의 수컷들이었습니다. 나는 그 나방들이 아침에 바구니에 넣어 둔 누에나방의 암컷 때문에 몰려온 것이라고 생각했습니다.

"폴, 더욱 재미있는 것을 보여 줄게."

나는 폴을 데리고 연구실로 갔습니다. 그곳에는 수많은 수나방들이 암컷이 들어 있는 바구니 주위를 맴돌고 있었습니다.

불을 좋아하는 나방들은 내가 들고 있는 촛불이 흔들릴 만큼 심하게 날개를 펄럭거리고 있었습니다. 숫자는 대략 마흔 마리 정도 되었습니다.

유럽에서 가장 크고 아름다운 큰공작산누에나방은 몸길이가 12센티미터나 됩니다. 목에는 흰 띠가 있고, 몸에는 보드라운 밤색 털이 나 있습니다.

날개는 빨강과 파랑의 둥근 무늬로 치장되어 무늬가 선명한 것이 공작 날개와 비슷합니다. 그래서 큰공작산누에나방이라는 이름이 붙었습니다.

나는 그 뒤 8일 동안 나방을 관찰하고 실험했습니다.

산누에나방류는 애벌레일 때는 식욕이 왕성하지만, 나방이 된 다음에는 먹지 않고 그동안에 저장한 에너지만으로 살아갑니다.

먹이를 주지 않아도 되었으므로 다른 곤충에 비해 관찰하기가 한결 쉬웠습니다.

나방은 밤 여덟 시부터 열 시 사이에 집중적으로 날아오는데,

특히 흐리고 무더운 날 밤이면 더욱 많이 볼 수 있습니다.

캄캄한 밤에 멀리서 암컷을 찾아 날아오는 수컷에게 무슨 특별한 능력이라도 있는지 궁금했습니다.

내가 가장 유심히 관찰한 건 더듬이였습니다. 암컷의 더듬이는 가늘고 길었는데, 수컷의 더듬이는 부채를 펼친 모양이었습니다.

나는 다음 날 연구실에 남아 있던 수컷 여덟 마리의 더듬이를 가위로 잘랐습니다. 그러고는 날아가도록 내버려 두었습니다. 그러자 두 마리가 그 자리에서 죽었습니다.

그날 밤 암컷을 찾아온 스물다섯 마리의 수컷 중에서 더듬이가 잘린 것은 단 한 마리뿐이었습니다.

이번에는 모두 잡아서 더듬이를 잘랐는데, 여덟 마리가 축 늘어지고 나머지는 훨훨 날아갔습니다. 어제 더듬이를 잘랐던 수컷은 죽고 말았습니다.

그다음 날 밤에 암컷을 찾아온 일곱 마리의 나방 중에서 더듬이가 잘린 수컷은 하나도 없었습니다. 결국 암나방을 찾는 데는 더듬이가 중요한 역할을 했던 것입니다.

4일째 되는 날에는 저녁에 잡은 수나방 열네 마리의 등에서 털을 벗겨 내고 표시를 해 두었습니다. 밤에 암컷을 찾아온 수컷 스무 마리를 관찰해 보니 등에 표시가 있는 놈은 두 마리뿐이었습니다.

나는 큰공작산누에나방의 수컷은 원래 수명이 짧다는 결론을 내렸습니다. 더듬이를 잘린 수컷들 중에는 원래 수명이 짧은 것도 있을 테지만, 암컷을 찾아서 다른 곳으로 날아간 것도 있을 것입니다.

나는 더듬이 다음으로 소리를 생각해 보았습니다.

암컷이, 자기들만이 알고 있는 특별한 소리로 수컷에게 신호를 보낼 수도 있기 때문입니다.

암나방이 살아 있던 8일 동안 찾아온 수컷의 수는 무려 150마리나 되었지만, 주변 2킬로미터 안에는 나방이 살고 있지 않았습니다. 그러므로 2킬로미터 이상 떨어진 곳에서 수컷들이 암컷의 소리를 들을 수는 없었을 겁니다.

다음은 냄새입니다. 나는 냄새의 영향에 대해 알고 싶어서 암컷이 있는 방에 나프탈렌을 뿌려 두었습니다. 그러나 수컷들은 변함없이 암컷의 바구니를 맴돌았습니다. 이번에도 내 예상은 빗나갔습니다.

9일째 되는 날 결국 수명이 짧은 암나방이 죽고 말았습니다. 나는 또 다음 해의 실험을 위해 여름철 내내 애벌레를 모았습니다.

그러나 다음 해에는 뜻밖의 추위가 닥쳐와서 실험을 이어 갈

수 없었습니다. 그다음 해가 되어서야 날씨가 풀려 성공적인 실험을 계속할 수 있었습니다.

매일같이 수컷들이 떼 지어 날아와 암컷의 바구니 주변에서 소란을 피웠습니다. 암컷을 넣은 통을 날마다 옮기면서 위치를 바꿔 보았지만 수컷들이 변함없이 날아오는 것을 볼 때, 장소를 기억하는 것은 아닌 듯했습니다.

나는 암컷이 무선 신호 같은 것을 멀리까지 보내고 있는 것이 아닌가 하는 생각이 들었습니다. 그래서 암컷을 여러 종류의 상자 속에 넣어 보았습니다. 양철, 나무, 골판지 상자에 넣고 공기가 통하지 않게 막았더니 수컷들이 한 마리도 오지 않았습니다.

공기가 통하는 상자에 넣어 두었을 때에만 수컷들이 모여든다는 사실을 알았습니다.

공기가 통해야만 한다는 사실에서 나는 다시 한 번 냄새를 의심해 볼 수밖에 없었습니다.

또 한 해를 보내고, 이번에는 낮에 활동하는 애기공작산누에나방으로 실험을 했습니다.

애기공작산누에나방은 큰공작산누에나방보다 크기가 작기는 하지만 닮은 점이 많습니다. 애벌레는 살구나무 잎을 먹고 자라고 수컷의 날개도 주황색을 띠고 있습니다.

3월 말에 애기공작산누에나방의 암컷이 태어나자마자 바구니 속에 넣고 창문을 열었습니다. 창문 밖에는 이 지방 특유의 북서풍이 불고 있었습니다. 그런데 북쪽에서 수컷들이 날아오는 것이었습니다.

　바람을 거슬러 오는 수컷의 생태에 관한 수수께끼를 풀어 보고 싶었지만, 날이 갈수록 찾아오는 수컷의 수가 줄어들어서 계속 관찰할 수가 없었습니다.

　하는 수 없이 나는 다른 종류의 나방으로 연구를 계속하기로 했습니다.

　마침 이웃집에 사는 한 아이가 졸참나무에 알을 낳는 배버들나방의 고치를 가져다주었습니다. 수컷이 아주 멀리서 암컷을 찾아온다는 이 나방은 매우 희귀한 곤충입니다.

　8월이 되어서 우화한 암컷을 바구니에 넣고 창문을 열어 두었지만 이틀을 기다려도 수컷은 한 마리도 날아오지 않았습니다.

　그런데 사흘째 되는 날 오후에 수컷 60마리 정도가 떼를 지어 날고 있는 모습을 볼 수 있었습니다.

　바구니 주변의 소란은 세 시간이 지나서야 겨우 잠잠해졌습니다.

　이번에야말로 실험에 성공할 거라는 기쁨에 들뜬 나머지 나는 그만 큰 실수를 저지르고 말았습니다.

 항라사마귀를 배버들나방 암컷의 바구니에 넣어 둔 것입니다. 사마귀보다 나방이 훨씬 더 컸으므로 별일 없을 거라고 생각했습니다.

 다음 날, 체구가 작은 사마귀가 낫처럼 생긴 앞다리로 커다란 나방을 붙잡고는 우적우적 씹어 먹는 모습을 보게 된 것입니다. 나의 실험은 또 중단되고 말았습니다.

 그때부터 3년이 지나서야 나는 배버들나방의 고치 두 개를 얻어서 다시 실험을 계속할 수 있었습니다.

 암컷이 든 통을 여기저기 숨겨 놓아도 찾아내던 수컷들이 뚜껑을 꼭 닫아 놓으니 찾지를 못했습니다.

 이번엔 좀 더 냄새가 강한 물질을 사용해서 실험을 해 보기로 했습니다.

 나프탈렌, 석유, 썩은 달걀 냄새가 나는 유화알칼리 등을 병 열두 개에 각각 담아 암컷의 통 속과 주변에 늘어놓았습니다.

 방 안은 지독한 냄새로 가득했고, 암컷의 통은 두꺼운 천으로 덮어 놓았는데도 수컷들의 방문은 여전했습니다.

 나는 혹시나 수컷들이 눈으로 암컷을 찾을지도 모른다는 생각이 갑자기 들었습니다. 그래서 암컷을 투명한 유리병 속에 넣고는 탁자 위에 올려놓았습니다.

그러자 수컷들은 유리병은 거들떠보지도 않고, 암컷이 있던 빈 바구니 쪽으로만 모여드는 것이었습니다.

나는 또 다른 실험을 해 보았습니다. 아침에 암컷이 든 유리병 속에 작은 나뭇가지를 넣어 두었다가 수컷이 날아올 시간이 되자 나뭇가지를 꺼내어 창 근처에 놔뒀습니다.

날아온 수컷들은 유리병 속에 들어 있는 암컷은 거들떠보지도 않고, 유리병 속에 암컷과 함께 넣어 두었던 나뭇가지로 모여들었습니다.

암나방은 수나방만 느낄 수 있는 강한 냄새를 가지고 있다는 결론을 얻을 수 있었습니다.

내가 실험에 쓴 약품들의 강한 냄새는 오직 인간만이 강하게 느낄 뿐, 수나방이 암컷을 찾는 데는 전혀 영향을 미치지 못했던 겁니다.

암컷 냄새가 밴 헝겊을 가느다란 시험관에 집어넣었더니 수컷들이 비좁은 관 속으로 들어가서는 아예 빠져나올 생각도 하지 않았습니다.

농작물을 망치는 나쁜 나방들을 암컷 냄새로 유인한다면 농사에 큰 도움이 되리라는 생각입니다.

수나방은 더듬이를 통해 암컷 냄새를 맡고 멀리서 찾아온다는 사실을 알 수 있었습니다.

암나방의 냄새를 내는 물질은 페로몬인데, 오늘날 이 물질은 농작물을 해치는 나방을 없애는 데에 중요하게 쓰이고 있습니다.

시체를 청소하는 송장벌레

 간혹 들길을 걷다 보면 아이들이 던진 돌에 맞아 죽은 뱀이나 쥐, 태풍에 떨어져 죽은 새 들이 있습니다. 그렇다면 과연 이러한 동물들의 시체는 어떻게 될까요?

 썩어서 고약한 냄새를 피우기 전에 여우나 솔개가 먹어 치우기도 하지만 그들이 없어도 이들을 전문적으로 해치우는 곤충의 무리가 있습니다.

 가장 먼저 나타나는 것은 개미입니다. 개미는 고기를 조금씩 물어뜯습니다.

 그 사이에 파리가 모여들기 시작하고, 뒤를 이어서 넓적송장벌레와 풍뎅이붙이가 다가옵니다. 이어서 배가 하얀 수시렁이,

날개가 짧고 깡마른 반날개도 나타나서 바쁘게 시체 속으로 들어갑니다.

어느 봄날, 나는 밭고랑에 나뒹구는 두더지의 시체를 발견하고는 그것을 살짝 뒤집어 보았습니다.

시체 밑에는 온갖 곤충들이 우글거리고 있었습니다. 나는 곤충들이 무엇을 하는지 한참 동안 바라보았습니다. 그들은 죽은 두더지를 먹거나 그 속에 알을 낳는 중이었습니다.

동물 시체는 썩으면서 프토마인이라는 독을 뿜어내는데, 이 독은 인간과 동물 모두에게 위험한 물질입니다.

그런데 곤충들이 시체에 알을 낳거나 먹어 치워서 깨끗하게 만들어 주니 놀랍고도 훌륭한 일을 한다고 할 수 있을 겁니다.

곤충들이 저마다 맡은 일을 마치고 모두 사라지고 나면 시체는 바싹 말라서 가죽과 뼈만 남게 됩니다.

송장벌레는 비록 시체를 먹고 살지만 빛깔이 화려하고 몸에서는 좋은 냄새도 풍깁니다.

송장벌레에는 여러 종류가 있지만, 모두 주홍색 무늬가 있고 붉은 더듬이는 끝이 솔처럼 볼록하게 생겼습니다.

넓적송장벌레와 수시렁이, 풍뎅이붙이 등은 시체를 보면 곧장 달려가서 먹어 치웁니다.

그러나 송장벌레는 그 자리에서는 적은 양만 먹고 상당량을

흙 속에 묻습니다. 바로 애벌레의 식량으로 삼기 위해서입니다.

두더지처럼 큰 동물을 묻는 데에도 몇 시간이면 끝낼 만큼 전문가입니다.

나는 라코르데르가 쓴 '곤충학 서설'이라는 책에서 송장벌레의 지혜를 보여 주는 글 두 개를 발견했습니다.

이 책에서 클레르빌은 이렇게 보고하고 있습니다.

송장벌레가 생쥐 시체를 흙 속에 묻으려고 했는데, 땅이 너무 단단했다. 그러자 송장벌레는 그 옆의 부드러운 곳에 구멍을 파고 쥐를 묻으려고 했다. 하지만 쥐가 너무 무거워서 옮길 수가 없었다.

송장벌레는 날아가서 잠시 뒤 동료를 네 마리나 데리고 왔다. 그들은 힘을 모아 생쥐를 옮겨서 묻는 데 성공했다.

그레디치가 보고한 다음 이야기도 송장벌레가 어느 정도 생각할 줄 안다는 것을 말해 주고 있습니다.

내 친구가 두꺼비를 말려서 표본을 만들려고 했다. 그는 송장벌레가 훔쳐 가지 못하도록 땅에 막대기를 꽂고 그 위에 두꺼비를 얹어 놓았다. 그러나 이것도 소용없었다.

송장벌레는 막대기까지 올라갈 수 없다는 것을 알고는 막대기의 밑동 부분을 파기 시작했다. 이윽고 막대기가 쓰러지자 송장벌레는 두꺼비뿐 아니라 막대기까지 묻어 버렸다.

라코르데르의 위와 같은 주장에 대해 나는 직접 내 눈으로 확인하기로 마음먹었습니다. 나는 농부들에게 부탁하여 죽은 두더지를 삼십 마리나 얻었습니다. 이것을 정원 곳곳에 놓아두고 송장벌레가 찾아오기를 기다렸습니다.

썩은 냄새가 코를 찔러 댔지만, 아들 폴이 나를 잘 도와주었습니다.

두더지를 뒤집고 송장벌레가 도망가려고 하면 재빨리 맨손으로 잡아 주었습니다. 그런 방법으로 송장벌레를 열네 마리나 모았습니다.

송장벌레는 몸의 크기에 관계없이 시체를 선택합니다. 생쥐, 뱀 심지어는 금붕어나 양의 뼈 찌꺼기도 가리지 않습니다.

나는 송장벌레가 일하는 모습을 여러 가지 경우로 나누어서 조사하기로 했습니다.

먼저 부드러운 흙 위에 죽은 두더지를 놓고 송장벌레 수컷 세 마리와 암컷 한 마리를 풀어 놓았습니다. 부드러운 흙 위에서는 일하기가 쉬워 보였습니다.

송장벌레들은 두더지의 밑으로 들어가서 몸을 들썩거리며 털 속을 더듬기 시작했습니다.

그러자 두더지의 몸체가 심하게 들썩거리더니 밑에서 올라온 흙이 주위에 쌓여 가면서 두더지는 조금씩 땅속으로 가라앉기 시작했습니다.

그러더니 마침내 시체는 완전히 흙으로 뒤덮였습니다.

2, 3일 후에 살펴보니, 흙 속에 묻힌 두더지는 푸르스름하고 쭈글쭈글한 데다가 털까지 몽땅 빠져 있었습니다. 송장벌레는 두더지 옆에 단단한 벽을 세워 방을 만들고 애벌레들이 먹기 쉽도록 먹이를 가공한 것이었습니다.

송장벌레 부부 한 쌍이 열심히 먹이를 묻고 있노라면, 다른 수컷들이 날아와서 함께 일을 해 주고 어디론가 사라지곤 했습니다.

이렇게 송장벌레들은 다른 집의 일을 돕고 가족을 위해 열심히 일하는 모습을 보여 주었습니다.

이번에는 송장벌레가 단단한 땅에서는 시체를 어떻게 처리하는지 알아보기 위해서 화분 한가운데에 벽돌을 묻고 그 위에 모래를 뿌린 다음에 죽은 생쥐를 올려놓았습니다.

잠시 뒤 생쥐 밑으로 들어간 암컷 한 마리와 수컷 두 마리가 열심히 생쥐를 흔들어 댔습니다. 그러나 단단한 벽돌이 쉽게 뚫릴 리가 없습니다.

그러는 사이에 수컷 한 마리가 밖으로 나왔습니다. 그 수컷은 시체를 한 바퀴 돌고 나서 주변을 조금씩 긁어 보다가 다시 밑으로 들어갔습니다.

송장벌레는 생쥐를 이리저리 움직이면서 한참 동안 헛수고만 했습니다. 그러다 잠시 뒤 수컷 두 마리가 나와서 화분 바닥 전체를 돌아다니며 얕게 팠습니다.

한참 만에 자리를 정한 송장벌레는 벽돌에서 벗어난 곳으로 생쥐를 옮기는 데 성공했습니다. 얼마 지나지 않아 생쥐의 시체는 흙 속으로 묻혀 들어갔습니다.

나는 송장벌레들이 동료에게 도움을 구하지 않고 처음부터 일하던 무리들끼리만 일을 끝낸다는 사실을 알 수 있었습니다.

여러 번 같은 실험을 반복했는데, 그때마다 수컷이 나와서 일이 어떻게 진행되는지 살피는 모습을 관찰할 수 있었습니다.

클레르빌의 보고와는 차이가 있었습니다.

송장벌레는 파기 쉬운 흙을 미리 파 놓은 다음에 먹이를 옮겨 가는 것이 아니었습니다.

나는 송장벌레가 막대기 주변을 파서 막대기를 넘어뜨렸다는 그레디치의 말이 맞는지 실험해 보기로 했습니다.

우선 막대기를 세워 놓고 두더지 뒷다리를 끈으로 묶어서 머리만 땅에 닿도록 해 놓았습니다.

송장벌레들은 두더지의 몸이 땅에 닿은 곳을 파기 시작했고, 두더지 머리가 구멍 속으로 들어가자 막대기가 넘어졌습니다.

막대기를 비스듬하게 세워도 여전히 시체의 몸이 닿는 부분만 파는 것으로 봐서, 송장벌레가 막대기를 넘어뜨려 두더지를 묻으려고 의도했던 것은 아님을 알 수 있었습니다.

이번에는 생쥐 뒷발을 끈으로 묶고 머리가 땅에 닿지 않도록 막대기에 대롱대롱 매달아 놓았습니다.

오전 내내 헛수고만 하던 송장벌레는 쥐의 몸을 흔들거나 기어다녀도 꼼짝하지 않는 이유를 드디어 알아낸 모양이었습니다.

송장벌레는 쥐의 다리에 묶인 끈을 갉아 대기 시작했습니다. 그러자 끈이 뚝 끊어져 바닥에 떨어졌습니다.

그다음에는 그들이 해 오던 방식대로 간단히 해치우는 일만 남았습니다.

다음 실험은 쥐의 발을 튼튼한 철사로 묶어 놓는 것이었습니다.

이번에는 묶인 쥐의 발을 물어뜯어서 뼈를 절단해 버리고 말았습니다.

워낙 뼈가 두꺼운 먹이에게는 일주일 이상 애를 쓰다가 먹이가 비쩍 말라서 못 먹게 되었을 때에야 비로소 단념하고 돌아갔습니다.

결국 송장벌레도 다른 곤충들처럼 본능적으로 땅을 파고 먹잇감을 묻는 것이었습니다.

바이올린을 연주하는 귀뚜라미

 6월의 어느 날, 나는 귀뚜라미가 침을 땅에 꽂고 알을 낳은 뒤에 흙으로 덮어서 감추는 모습을 보았습니다.

 계속 관찰해 보니, 귀뚜라미는 여기저기를 돌아다니며 24시간 동안 알을 낳았습니다.

 알을 낳은 화분의 흙을 조심스럽게 파헤쳐 보니 5, 6백 개쯤 되는 알이 몇 개씩 한데 모여서 2센티미터쯤 되는 깊이에 곧게 세워져 있었습니다.

 황금빛을 띤 귀뚜라미 알은 양쪽 끝이 둥그스름하게 생겼고, 길이는 3밀리미터쯤 되었습니다. 알의 꼭대기에는 조그만 구멍이 뚫려 있었는데, 그 가장자리에는 뚜껑 구실을 하는 모자가 달려 있었습니다. 귀뚜라미의 알껍데기는 저절로 터졌습니다.

그때부터 약 보름이 지나자, 투명한 알의 앞쪽에 장차 커다란 눈 두 개가 될 동그랗고 불그스레한 검은 점이 보이기 시작했습니다. 그 위쪽 끝에는 둥근 테 같은 것이 불거져 나왔습니다.

속에서 뭔가가 꿈틀거리더니 불거져 나온 테를 따라 알껍데기의 끝이 올라갔습니다. 잠시 뒤에 새끼 귀뚜라미가 머리를 쑥 내밀며 밖으로 나왔습니다.

흙 속에서 갓 깬 새끼에게는 긴 더듬이와 정강이가 있었습니다. 곤충이 바깥으로 나올 때는 더듬이와 정강이를 감싸고 있는 포대기가 있어야 하지만, 새끼 귀뚜라미는 그 포대기를 버리고 나왔습니다. 알이 묻혀 있던 흙이 그렇게 깊지 않았기 때문입니다.

덮여 있는 흙을 큰 턱으로 두들기며 정강이로 걷어차고 땅 위로 나온 새끼 귀뚜라미는 처음에는 흰빛에 가까웠습니다. 그런데 하루가 지나자 점차 새까만 색으로 변해 갔습니다.

나는 주위를 두리번거리며 아장아장 걸어가는 새끼 귀뚜라미에게 무엇을 먹여야 좋을지 몰랐습니다. 아직 배추 잎을 갉아 먹지는 못할 테니까요.

나는 벌레 집에 들어 있던 5, 6천 마리의 새끼 귀뚜라미를 모두 뒷산에 풀어 주었습니다. 그러자 도마뱀과 개미들이 우르르 달려들었습니다. 모조리 잡아먹으려는 것이었습니다.

더위가 한창인 8월에는, 제법 크게 자란 새끼 귀뚜라미들이 땅벌에게 쏘이는 모습을 많이 봤습니다. 이때가 땅벌들이 집 없는 귀뚜라미를 집중적으로 사냥하는 시기였습니다.

귀뚜라미가 살림집을 짓는 것은 추위를 눈앞에 둔 10월 말경부터입니다. 들판에서 사는 귀뚜라미들은 대부분 잔디 속을 이용합니다. 그러나 내가 기르는 귀뚜라미들은 배추 잎으로 가려진 곳에 구멍을 뚫었습니다.

귀뚜라미는 앞발로 진흙을 긁어냈습니다. 덩어리가 큰 흙은 강한 턱을 이용해서 끌어내기도 했습니다. 귀뚜라미는 발을 이용해 흙을 긁어모은 다음, 뒷걸음질 치면서 흙을 반듯하게 다졌습니다.

파 내려가던 구멍 깊이가 2센티미터쯤 되자, 그 뒤로는 이전처럼 집 만드는 일에 열중하지 않았습니다. 이따금씩 손질만 했습니다.

겨울에도 맑은 날이면 집을 손질했습니다. 봄에도 틈만 나면 집을 손질하는 모습이었습니다. 귀뚜라미에게는 집을 손질하는 일이 무척 즐거워 보였습니다.

꽃 피는 4월이 되자 마침내 귀뚜라미가 노래를 부르기 시작했습니다.

귀뚜라미가 가진 악기는 톱니 모양의 활과 떨리는 얇은 막뿐입니다.

귀뚜라미의 두 날개는 똑같이 생겼는데, 오른쪽 날개가 왼쪽 날개에 포개져서 몸 전체를 덮고 있는 모습입니다.

오른쪽 날개는 등 위에서는 거의 평평하다가 옆구리에서 갑자기 직각으로 꺾입니다.

등 부분에는 얇은 주름살 사이에 새까맣고 억센 줄기가 뻗어 있어 복잡한 무늬를 이루고 있습니다.

귀뚜라미의 날개는 햇빛에 비춰 보면 엷은 갈색을 띱니다. 날개 줄기의 아랫면에는 150개 정도 되는 작은 톱날들이 있습니다.

이것은 바이올린의 활과 같은 역할을 합니다. 이 뾰족한 날들이 얇은 막 네 개를 진동시켜 멀리서도 들을 수 있도록 큰 소리를 냅니다.

귀뚜라미는 맑은 날만 골라 날개를 쳐들면서 노래를 하는데, 날개를 이용해서 소리 크기를 조절합니다.

귀뚜라미는 바깥에 나가는 것을 좋아하지 않는지 비좁은 곳에 가두고 배추 잎만 넣어 줘도 즐겁게 노래를 부릅니다.

나는 아직 날개가 반대 방향으로 포개진 귀뚜라미를 발견하지 못했습니다.

그래서 핀셋을 이용해 귀뚜라미의 날개 위치를 바꾸어 보았습니다. 그랬더니 귀뚜라미는 노래를 부르려고 하지 않았습니다.

안간힘을 다해 전과 같은 형태로 날개 위치를 되돌려 놓았습니다.

나는 새끼 귀뚜라미가 알껍데기 속에서 나올 무렵에 이 실험을 해 보기로 했습니다.

어느 날, 나는 막 껍데기를 벗고 있는 새끼 귀뚜라미를 발견했습니다. 껍데기에서 금방 나온 새끼 귀뚜라미의 날개가 크게 펼쳐지면서 마침내 팽팽해졌습니다.

나는 지푸라기 끝으로 새끼 귀뚜라미의 날개를 서로 바꾸어 포개지도록 해 놓았습니다.

세 시간이 지나서, 점점 검게 변하기 시작한 새끼 귀뚜라미의 날개는 내가 바꾸어 놓은 모양 그대로 있었습니다.

그때부터 사흘 뒤, 그 왼손잡이 귀뚜라미는 노래를 부르기 시작했습니다. 그런데 자세히 살펴보니 어느새 날개 위치가 바뀌어 있었습니다. 내가 위쪽으로 해 놓았던 왼쪽 날개는 다시 오른쪽 날개 밑으로 옮겨져 있었습니다.

나는 이 실험으로 귀뚜라미가 소리를 내는 데 쓰는 것은 오른쪽 날개라는 것을 알게 되었습니다.

내 벌레장 속의 귀뚜라미들은 암컷과 수컷이 따로따로 떨어져서 생활하고 있었습니다. 그런데 요즈음 나는 암컷 한 마리를 두고 수컷 두 마리가 서로 싸우는 것을 자주 보게 되었습니다.

수컷 두 마리가 서로 물어뜯으며 실컷 싸우다가 결판이 나면 진 녀석은 슬금슬금 달아나 버렸습니다. 이긴 귀뚜라미는 으스대며 암컷 주위를 빙글빙글 돌았습니다.

날개를 비벼 대며 수컷이 노래를 부르기 시작하자 숨어 있던 암컷이 배추 잎 그늘에서 나왔습니다. 곧 한 쌍의 결혼식이 시작되었습니다.

어미 귀뚜라미가 알을 낳을 무렵이 되면, 수컷이 암컷에게 다리와 날개를 물어뜯기는 일이 생기기도 했습니다. 간혹 암컷에게 물려서 죽는 수컷도 있었습니다.

내 벌레장 안에서 암컷과 같이 살던 수컷들은 얼마 뒤 모두 죽고 말았습니다. 죽은 수컷 옆에는 알에서 갓 깬 새끼 귀뚜라미들이 놀고 있었습니다.

암컷과 생활하는 수컷은 금방 약해지고 빨리 늙어 버리지만 혼자 사는 수컷은 한가롭게 노래하며 오래오래 살았습니다.

나는 보통 귀뚜라미 외에 집 근처에 사는 다른 귀뚜라미 세 종류를 조사해 보았습니다.

이 귀뚜라미들은 집도 짓지 않고 여기저기 돌아다니며 떠돌이 생활을 했지만, 노랫소리는 보통 귀뚜라미와 다를 바 없었습니다.

몸 크기가 가장 작은 붉은귀뚜라미는 가느다랗고 낮은 소리를 내는데, 부뚜막이나 농가의 벽난로 옆에서 흔히 볼 수 있습니다.

귀뚜라미는 낮에 노래를 하는데, 밤에만 노래하는 곤충이 있습니다. 바로 긴꼬리입니다. 긴꼬리는 귀뚜라밋과에 속하는 곤충으로 귀뚜라미의 사촌쯤 됩니다.

떡갈나무나 키 큰 풀잎 속에서 사는 긴꼬리의 노랫소리는 7월에서 10월까지, 해 질 무렵부터 밤이 샐 때까지 들을 수 있습니다. 그 시기에는 귀뚜라미가 아직 어려서 노래를 부를 수 없는데도, 사람들은 귀뚜라미의 노랫소리로 착각하기도 합니다.

긴꼬리의 노랫소리는 조용하면서도 느리고 가볍게 떨리는 듯이 들립니다. 그러다가 조금이라도 수상한 기척이 있으면 갑자기 노랫소리를 아주 작게 낮추어 버립니다.

나는 힘들여서 긴꼬리 몇 마리를 잡았습니다.

긴꼬리의 날개는 넓적하고 바싹 말라 있었습니다. 날개는 투명하고 얇은 막으로 되어 있는데, 이 얇은 막이 떨리면서 소리가 나는 것입니다.

긴꼬리는 소리 높여 노래할 때 얇은 날개를 높이 치켜 올립니다. 날개를 모두 쳐들고 울면 낮은 소리가 났습니다.

다른 귀뚜라미들도 날개를 이용해서 소리 크기를 조절하기는 하지만 긴꼬리의 음량과는 비교가 되지 않습니다.

나는 밝게 빛나는 하늘의 별자리를 감상하면서 곤충들의 노랫소리를 듣는 것이 한없이 즐겁습니다.

힘들게 살아남는 배추흰나비

봄바람이 살랑살랑 불어올 때면, 바람을 타고 예쁜 나비들이 날갯짓을 하며 날아옵니다.

나비는 많은 사람에게 사랑을 받지만, 나비와 비슷하게 생긴 나방은 그렇지 못합니다. 나비와 나방은 친척뻘인데도 말입니다.

전 세계에 약 14만 종의 나방과 나비가 있는데, 그중에서 2만여 종이 나비이고 나머지는 모두 나방이랍니다.

나비와 나방의 가장 큰 차이점은 바로 더듬이에 있습니다. 나비 더듬이는 가늘고 끝이 곤봉 모양으로 생겼지만, 나방 더듬이는 빗살이나 깃털처럼 생겼고 끝이 가늡니다.

또한 나비는 날개를 포개 세우거나 수평으로 펴고 앉지만, 나

방은 지붕 모양으로 비스듬히 날개를 펴고 앉습니다.

이들이 활동하는 시간도 서로 다릅니다. 나비는 주로 낮에 활동하고 나방은 밤에 활동합니다.

그러나 뚜렷하게 구별이 되지 않는 나비와 나방도 있습니다.

팔랑나비처럼 더듬이가 깃털 같은 나비도 있고, 더듬이 끝이 곤봉 모양으로 생긴 나방도 있습니다.

또 녹색부전나비는 저녁에 활동하고, 뿔나비나방이나 자나방은 낮에 활동합니다.

영어로는 나비를 '버터플라이'라고 하고, 나방을 '모스'라고 부릅니다. 그런데 프랑스 어로는 나비와 나방을 모두 '빠삐용'이라고 부르는 것은 이렇게 구별이 어렵기 때문일 겁니다.

나비 애벌레는 종류에 따라 먹이가 제각각입니다. 호랑나비와 남방제비나비의 애벌레는 탱자나무나 귤나무, 산초나무의 이파리를 주로 먹습니다.

배추흰나비 애벌레는 배추나 양배추, 무 등을 먹습니다. 또한 네발나비는 환삼덩굴 잎을 먹습니다.

나는 양배추 잎을 좋아하는 큰배추흰나비를 연구하기로 했습니다.

큰배추흰나비는 양배추 잎이라면 어느 것이건 가리지 않고 먹습니다.

양배추 종류의 식물은 꽃잎 네 장이 십자 모양으로 피기 때문에 십자화과 식물이라고 불렀는데, 지금은 그중 대표적인 것의 이름을 따서 그냥 유채과 식물이라고 말합니다.

갓, 냉이, 무 등이 이에 속하는데, 모두 유황이라는 물질이 들어 있어서 양배추처럼 톡 쏘는 냄새가 나는 식물입니다.

나는 '산겨자'라는 유채과 식물로 큰배추흰나비 애벌레를 기르기 시작했습니다. 다른 식물의 이파리도 집어넣어 봤지만, 배추벌레들은 유채과가 아닌 식물에는 입도 대지 않았습니다.

어미 나비는 애벌레가 먹을 수 있는 식물을 골라서 알을 낳습니다. 나비는 눈으로 보고 더듬이로 만지는 것만으로도 유채과 식물을 구별할 줄 압니다. 나비에게는 생김새와 냄새로 식물을 구별하는 능력이 있습니다.

프랑스에서 큰배추흰나비는 일 년에 두 번 알을 낳습니다. 한 번은 4월과 5월 사이에 낳고, 또 한 번은 9월에 낳습니다.

보통 배추흰나비는 배추 잎의 뒷면에 알을 하나씩 낳는 데 비해, 큰배추흰나비는 한군데에 알을 2백 개 정도 무더기로 낳습니다.

키우기 시작한 지 일주일 정도가 지나자, 애벌레는 혼자서 알 위쪽으로 구멍을 뚫고 한 마리씩 차례로 나왔습니다.

밖으로 나온 애벌레들은 영양분이 듬뿍 있는 알껍데기를 갉아 먹는 일부터 시작했습니다.

알껍데기를 먹고 난 1령 애벌레는 크기가 2밀리미터 정도밖에 되지 않았습니다. 커다란 머리는 검게 빛났고, 오렌지빛을 띤 몸에는 하얀 털이 듬성듬성 나 있었습니다.

배추벌레는 머리가 잎에 닿기만 하면 실을 뽑아 발판을 만들고 잎을 갉아 먹기 시작합니다. 쉴 새 없이 2, 3일 동안 먹어 대면 어느새 몸길이가 4밀리미터 정도 되는 2령 애벌레가 됩니다.

2령 애벌레가 되면 노란 바탕에 검은 점이 있는 모습으로 변하는데, 이때부터 이틀 정도 쉬면서 몸이 단단해지기를 기다립니다.

그 뒤로는 식욕이 더 왕성해집니다. 배추흰나비의 애벌레들은 무리를 지어 다니며 잎줄기까지 먹어 치우기 때문에 배추밭의 피해가 클 수밖에 없습니다.

배추벌레들은 대략 한 달이 지나면 머리를 흔들면서 실을 토해 내며 먹이를 더 이상 먹으려 들지 않습니다.

나는 애벌레들이 사육 상자 속에서 우왕좌왕하고 있기에 문을 열어서 마음대로 나가게 내버려 두었습니다. 그랬더니 벌레들은 이내 어디론가 사라지고 없었습니다.

 나중에 찾아보니, 50걸음 정도 떨어진 담벼락에 붙어서 번데기로 변해 있었습니다. 봄에는 일주일 정도 시간이 지나면 나비가 되지만, 가을에는 그렇게 담벼락에 붙은 채로 겨울을 납니다.

 사육 상자에 남아 있던 다른 애벌레들도 철망에 붙어서 번데기가 되었습니다. 애벌레는 실을 토해서 얇은 천을 짜고는 그것을 철망에 깔았습니다. 그다음에는 꼬리 끝의 실로 발판을 만들었습니다. 그러고는 단단한 실로 몸 한가운데를 한 바퀴 돌려서 단단히 묶었습니다.

 이렇게 세 부분에 몸을 고정하고 가만히 있으면 등 부분이 터지면서 부드러운 번데기로 변합니다.

 그런데 재미있는 것은, 갈색 벽 위에서 번데기가 된 것은 갈색을 띠고, 초록색 잎에서 번데기가 된 것은 초록색을 띤다는 사실입니다.

 배추벌레에게도 무서운 적들이 많습니다. 우선 큰배추흰나비가 알을 낳자마자 그 위에 자기 알을 낳는, 작은 알벌이 있습니다. 이 알벌의 새끼는 나비 알을 먹고 자랍니다.

 또 다른 적은 허물을 벗은 뒤에 찾아오는 배추벌레고치벌입니다. 3밀리미터쯤 되는 이 벌은 배추벌레의 몸속에 알을 낳습니다. 이 벌의 애벌레는 배추벌레의 몸속에서 체액을 먹고 살아갑니다. 체액을 빼앗긴 배추벌레는 번데기가 되기 직전까지만 살 수 있습니다.

3밀리미터밖에 안 되는 배추벌레살이금좀벌은 번데기가 되기 직전의 배추벌레와 방금 만들어진 번데기를 노리는 놈입니다.

이 벌이 알을 낳은 배추벌레는 번데기가 되기는 하지만, 나중에 가슴 부분에 구멍이 뚫리게 되고 그 안에서 벌이 나옵니다.

어떤 때는 배추벌레의 90퍼센트 이상이 이 벌에게 희생되기도 합니다. 그러므로 큰배추흰나비가 낳은 알 2백 개 중에서 나비가 되는 것은 겨우 20마리 정도밖에 안 됩니다.

배추벌레의 적으로는 벌 외에도 새, 거미, 사마귀 등이 있습니다.

이 천적 중에서 배추벌레고치벌에 대해 자세히 알아보는 것도 배추벌레를 관찰하고 연구하는 데 큰 도움이 됩니다.

봄철에 양배추 밭 근처의 담장이나 울타리를 보면 노란 덩어리가 붙어 있는 것을 볼 수 있습니다. 아주 작고 노란 고치가 2, 30개 뭉쳐 있는 덩어리에 힘없이 배추벌레가 붙어 있습니다.

이 고치가 바로 배추벌레고치벌의 애벌레들이 만든 것입니다.

이 벌을 기르기 위해서는 배추벌레를 넣은 바구니를 창가에 놓아두기만 하면 됩니다. 조금만 시간이 흐르면 벌은 1, 2령 된 작은 배추벌레의 등에 앉아서 천연덕스럽게 알을 낳습니다.

몸속에 알을 품은 배추벌레는 여전히 잘 먹으며 잘 자랍니다. 그렇게 기어 다니다가 번데기가 될 때가 가까워지면 갑자기 동작이 둔해지기 시작합니다. 나는 이 배추벌레들을 해부해 보기로 했습니다.

우선 몸속에서 연녹색 체액에 잠겨 있는 녹색 덩어리가 나왔습니다. 10 ~ 50마리의 작은 애벌레들이 꿈틀거리는 것이 보였습니다. 하얀 색깔을 띤 애벌레들은 이빨도 없고 턱도 집게도 없었습니다.

몸 앞쪽이 뾰족하게 생겼고 작은 구멍 같은 입이 하나 있을 뿐이었습니다. 그러니까 그 입으로 먹이를 빨아 먹는 것이었습니다.

배추벌레를 자세히 살펴보니 내장에 상처 같은 흔적은 보이지 않았습니다. 애벌레에게 영양을 빼앗겼기 때문에 영양실조로 천천히 죽어 가는 것이었습니다.

마지막 남은 힘으로 실을 뽑아 번데기가 될 때 쓸 깔개를 준비하는 것이 생전의 마지막 일이 되는 셈입니다.

이때 몸속의 애벌레들이 배추벌레의 배나 옆구리를 뚫고 나와서 가엾은 배추벌레의 몸을 타고 기어오릅니다.

이렇게 죽어 가는 배추벌레 옆에서 기생벌의 애벌레들은 노란 실을 뽑아서 자신의 고치를 만듭니다. 그 실을 처음에는 배추벌레가 발판으로 친 하얀 실에 붙이고, 다음에는 다른 애벌레가 짜서 만든 것에 붙여 갑니다.

이렇게 해서 서로 한 덩어리가 됩니다. 그 덩어리 속에서 애벌레들은 방을 따로따로 만드는 것입니다.

사육 상자 속에서 이렇게 생긴 고치 덩어리를 무척 많이 발견할 수 있었습니다.

내가 기른 배추벌레의 절반 이상이 기생벌에게 당한 것입니다. 그러니 봄에 태어나는 배추벌레들은 그렇게 기생벌에게 많이 당하고도 마지막까지 살아남은 행운아인 셈입니다.

수염이 멋진 하늘소

가을부터 겨울까지는 곤충들이 저마다 지상에서 자취를 감추는 시기입니다.

그러나 나는 이 시기에도 곤충들을 관찰하는 즐거움을 알고 있습니다. 추운 겨울, 난로에 피울 장작 속에 그 비밀이 숨어 있습니다.

나는 장작을 팔러 오는 나무꾼에게 벌레 먹은 떡갈나무가 있으면 갖다 달라고 오래전에 부탁해 놓았습니다.

내 말을 들은 나무꾼은 의아하게 생각했습니다. 벌레가 많이 먹은 나무는 금방 타 버리기 때문에 사람들이 땔감으로 쓰려고 하지 않습니다. 그래서 그런 나무를 돈 주고 사는 사람은 거의 없습니다. 그러나 나에게는 그런 땔감이야말로 보물 같은 것입니다.

며칠이 지난 뒤에, 나무꾼은 나의 부탁대로 벌레가 많이 먹은 큼지막한 통나무 한 개를 가지고 왔습니다.

"벌레 먹은 떡갈나무입니다. 정말로 돈을 주고 사시겠습니까?"

"물론입니다, 사고말고요."

숭숭 뚫린 구멍에서는 떫은 냄새가 나는 갈색 수액이 조금씩 흘러나오고 있었습니다.

기대에 찬 나는 어서 빨리 나무를 갈라 보고 싶었습니다.

그러나 나무를 가르는 데에도 요령이 필요합니다. 힘만 믿고 장작을 패듯이 했다가는 도끼날이 나무속으로 파고 들어가서 뽑아내기만 어려워질 뿐입니다.

나는 그동안의 경험에서 얻은 요령으로 나무를 쪼개기 시작했습니다. 나뭇결을 잘 살핀 뒤, 말라서 이미 금이 간 곳에 쐐기를 단단히 박고 방망이로 두드렸습니다. 그랬더니 통나무는 보기 좋게 두 동강으로 쫙 갈라졌습니다.

나무토막을 가르니, 그 안에는 무당벌레 무리와 뿔가위벌의 집이 있었습니다.

그리고 수액이 배어 나온 곳을 따라가 보니, 그곳에 하늘소의 애벌레가 자리를 차지하고 있었습니다. 비단처럼 예쁜 껍질에 둘러싸인 애벌레는 떡갈나무 하늘소의 애벌레입니다.

하늘소는 나무를 파먹고 살기 때문에 나무에게는 일종의 해충입니다. 그러나 그 모양과 색깔이 아름다워서 채집가들 사이에 인기가 높은 곤충입니다.

전 세계에 2만여 종이 있는 하늘소의 가장 큰 특징은 뭐니 뭐니 해도 기다란 더듬이입니다.

더듬이는 보통 몸길이의 절반 이상이나 되며 여러 개의 마디로 되어 있습니다.

하늘소는 나무에 알을 낳는데, 애벌레는 억센 턱을 사용하여 나무를 갉아 먹습니다. 하늘소에게는 나무의 섬유질을 분해하여 소화할 수 있는 능력이 있습니다.

하늘소의 애벌레는 몸 전체가 하나의 창자입니다. 그야말로 기어 다니는 소화 기관이라고 말해도 좋을 것입니다.

떡갈나무 하늘소의 애벌레가 성충이 되어 밖으로 나가기까지는 3 ~ 4년의 시간이 걸립니다. 성충의 몸길이는 2 ~ 3센티미터이고 몸 빛깔은 진한 갈색입니다.

하늘소는 날아다니기보다는 나무줄기에 가만히 붙어서 생활하기 때문에 6 ~ 7월의 저녁 무렵에 오래된 떡갈나무를 살펴보면 쉽게 발견할 수 있습니다.

하늘소의 암컷은 나무줄기에 상처를 내고 알을 낳는데, 알에서 부화된 애벌레는 큰 턱으로 나무를 갉아 먹으면서 구멍을 파기 시작합니다. 애벌레에게는 나무줄기가 집이자 곧 먹이인 셈입니다.

애벌레는 눈이 아예 없으며 소리도 잘 듣지 못합니다. 게다가 냄새도 제대로 맡지 못하고 맛을 아는 것 같지도 않았습니다.

이처럼 감각이 둔해서 아무것도 못할 것 같은 애벌레가 성충이 되어 밖으로 나갈 무렵이 되면 믿기 어려울 정도로 놀라운 지혜를 보여 줍니다.

성충이 되기까지의 3, 4년 동안, 애벌레는 나무속에서 구멍을 파며 성장합니다. 그러는 동안에 딱따구리에게 잡아먹히거나 곰팡이에게 당하기도 하지만, 무사히 자란 애벌레는 번데기를 거쳐서 비로소 성충이 됩니다.

성충이 된 하늘소는 약간 네모난 몸매에 위엄 있는 곤충의 모습을 하고 있습니다.

그런데 성충이 된 하늘소는 혼자 힘으로는 밖으로 나올 수가 없습니다. 그래서 밖으로 나오기 위한 준비를 애벌레 시절에 미리 해 둡니다.

애벌레는 번데기가 될 무렵이 되면 지금까지 아무렇게나 파던 구멍을 이제는 바깥쪽을 향해 열심히 파 나갑니다. 그러고는 나무껍질 가까이에서 멈춥니다. 이렇게 하면 안에서 나중에 조금만 긁어내도 나무껍질을 뚫고 밖으로 나올 수가 있게 됩니다.

그렇게 해 놓은 다음, 애벌레는 다시 더 안쪽으로 들어가서 번데기가 되기 위한 방을 만듭니다.

번데기의 방은 3중으로 되어 있습니다. 가장 바깥쪽에는 큰 턱으로 갉아 놓은 나무 부스러기가 있고, 중간에는 새하얗고 딱딱한 둥근 모양의 물질이 들어 있으며, 그리고 그 속에는 다시 나무 부스러기가 채워져 있습니다.

나는 가운데 부분의 구성물인 새하얀 물질이 궁금했습니다. 그래서 그 물질에 초산을 넣어 보았습니다. 그러자 그것은 부글부글 거품을 내면서 천천히 녹기 시작했습니다.

비록 시간은 몇 시간 걸렸지만 그렇게 녹인 용액에 수산염을 떨어뜨리자 하얀 침전물이 생겼습니다. 이로써 나는 그 물질이 탄산칼슘이라는 것을 알 수 있었습니다.

애벌레는 나무를 갉아 먹으면서 그 속에 들어있는 석회분을 위 속에 저장해 둡니다. 그리고 고치를 만들 때는 그것을 토해 내서 나무 부스러기를 단단하게 다지는 것입니다.

하늘소는 번데기에서 깰 때까지 보호막이라고는 얇은 나무껍질밖에 없습니다. 그래서 애벌레는 적을 막기 위한 방패로서 자신이 만든 딱딱한 물질을 머리맡에 두는 것입니다.

애벌레는 고치 속에서 껍질을 벗고 번데기가 되는데, 이때 번데기의 머리는 반드시 출구를 향하고 있습니다.
그렇게 하지 않으면 성충이 되었을 때, 밖으로 나가지 못한다는 것을 미리 알고 있는 듯합니다.
이렇게 모든 준비가 갖추어지면 이제야 비로소 잠을 자기 시작합니다. 춥고 긴 겨울을 번데기의 몸으로 편안하게 잠을 자면서 지내는 것입니다.
봄이 가고 여름이 되면, 번데기는 허물을 벗고 반들반들 빛나는 갑옷 차림을 하고 모습을 세상에 드러냅니다.
성충이 된 하늘소는 나무 부스러기를 발톱으로 할퀴고 하얀 석회 벽을 턱으로 쿡쿡 찔러서 부숩니다. 이제는 얇은 나무껍질만 부수면 바로 바깥세상입니다.
굼벵이처럼 기어 다니기만 하던 애벌레가 어떻게 이처럼 세심하게 척척 일을 해내는지, 생명체의 타고난 지혜가 정말로 놀랍기만 합니다.

길을 기억하는 붉은병정개미

내가 관찰해 온 여러 곤충 가운데 아주 특이한 것이 있는데, 그것은 바로 붉은병정개미입니다.

붉은병정개미는 자기 새끼조차 제대로 기르지 못하는 곤충입니다. 또한 먹이를 찾는 것도 서툴기 짝이 없습니다.

바로 코앞에 있는 먹이조차 제대로 찾아 먹을 줄 모릅니다.

그래서 붉은병정개미에게는 먹이를 입에까지 갖다 바치고, 다른 일을 도와줄 만한 노예가 필요합니다.

노예를 확보하기 위해 붉은병정개미는 다른 개미의 집을 습격합니다. 그래서 번데기들을 무더기로 훔쳐 옵니다.

훔쳐 온 번데기가 자라나서 개미가 되면 그들을 노예로 부립니다.

나는 붉은병정개미들이 번데기 사냥을 나가는지 행렬이 5~6미터 길게 이어지는 것을 보았습니다. 그런데 질서 있게 줄을 지어 행진하던 붉은병정개미들이 어느 순간 갑자기 부산하게 움직이기 시작했습니다.

앞서 가던 개미들이 갑자기 행진을 멈추고 부리나케 사방으로 흩어졌습니다. 그러자 뒤에 따라가던 개미들도 순식간에 흩어져서 앞의 개미들과 함께 움직였습니다.

습격 대상이 되는 개미집을 발견한 것 같았습니다.

붉은병정개미의 정찰병인지 개미 대여섯 마리가 나서서 우선 그곳 주위를 꼼꼼하게 살폈습니다. 살펴본 결과, 그곳이 개미집이 아니면 그들은 제자리로 돌아가서 다시 대열을 맞추어 행진을 계속했습니다.

그렇게 한참 동안 행진하던 붉은병정개미 떼가 마침내 습격할 개미집을 발견했습니다. 그것은 반불개미의 집이었습니다.

질서 정연하던 대열이 갑자기 흐트러지면서 붉은병정개미 떼는 일제히 반불개미의 집을 공격하기 시작했습니다.

습격을 받은 반불개미들도 가만히 있을 리가 없습니다. 반불개미들은 자신들의 새끼인 번데기를 지키기 위해 필사적으로 싸웠습니다.

그러나 그들은 붉은병정개미 떼를 당해 내지 못하고 결국은 새끼들을 몽땅 빼앗기고 말았습니다.

번데기를 약탈한 붉은병정개미들은 반불개미의 번데기를 하나씩 입에 물고 다시 한 줄로 줄을 이어 집으로 돌아갔습니다.

이때 붉은병정개미들은 자신들이 왔던 길을 고대로 따라서 되돌아갔습니다. 다른 지름길을 찾지 않을까 하는 생각이 들었지만, 붉은병정개미 떼는 고집스럽게도 꾸불꾸불한 길을 따라 힘들게 행진을 계속했습니다.

나는 몇 번에 걸쳐 자세히 관찰해 보았는데, 붉은병정개미들의 행로에는 언제나 일정한 원칙 같은 것이 있어 보였습니다.

번데기를 훔친 개미들은 한 치의 틀림도 없이 자기들이 왔던 길을 벗어나지 않고 그 길로 돌아갔기 때문입니다.

이에 대해서 몇몇 사람에게 질문해 보니, 어떤 사람은 개미가 냄새를 맡으며 길을 찾는다고 했습니다. 그리고 더듬이로 그 냄새를 맡는다는 것이었습니다.

그러나 나는 그렇게 생각하지 않았습니다. 나는 개미 더듬이가 냄새를 맡는 기관이라고 생각하지 않았습니다.

나는 그것을 실험하기로 마음먹었습니다.

그렇게 결심을 하고 며칠 동안 붉은병정개미를 기다렸습니다. 그러나 붉은병정개미는 쉽게 나타나 주지 않았습니다.

나는 내 귀여운 손녀에게 부탁했습니다.

"루시야, 이곳에서 잘 지켜보고 있다가 개미들이 지나가면 할아버지에게 말해 주렴."

"예. 잘 알겠어요, 할아버지."

어린 손녀도 개미에 대해 흥미를 갖고 있었습니다.

그때부터 며칠이 지났습니다. 루시가 나의 실험실로 뛰어들면서 말했습니다.

"빨리 나와 보세요, 할아버지! 지금 빨간 개미가 다른 개미집으로 들어갔어요."

나는 루시의 손에 이끌려 밖으로 나왔습니다.

"개미들이 어느 길로 지나갔니?"

"이쪽으로요. 여기 보세요, 제가 표시를 해 두었어요."

루시는 개미들이 지나간 길을 따라 돌멩이로 길게 표시해 놓았던 것입니다.

"참 잘했다, 루시!"

그리고 잠시 뒤, 붉은병정개미들은 도둑질한 번데기를 입에 물고 줄을 지어 돌아왔습니다. 과연 루시가 표시해 놓은 자취를 따라서 긴 행렬이 이어졌습니다.

나는 실험을 위해, 빗자루를 들고 그들이 지나가는 앞길을 깨

끗하게 쓸었습니다. 개미들은 비질을 한 곳에 이르자 갑자기 우왕좌왕하는 것 같았습니다. 자기들이 왔던 길을 찾지 못해서 허둥대는 모습이었습니다.

바로 그때, 붉은병정개미 대여섯 마리가 앞으로 나섰습니다. 그러고는 사방을 헤매면서 열심히 기어 다녔습니다.

그렇게 한참이 지나고 자기들이 지나왔던 길을 다시 찾았습니다. 길을 찾은 개미들은 뒤로 돌아가서 다른 개미들에게 길을 알려 주었습니다.

길을 찾은 붉은병정개미들은 다시 기나긴 줄을 만들며 질서 있게 집으로 돌아갔습니다.

나는 이러한 모습을 지켜보니 붉은병정개미가 어떻게 자기들이 왔던 길을 찾아냈는지 신기하기만 했습니다.

그래서 나는 다른 방법을 통해 실험을 계속해 보기로 했습니다.

개미 떼를 얼마나 기다렸을까. 마침내 다른 개미집으로 번데기를 훔치러 가는 붉은병정개미의 행렬을 발견했습니다.

나는 붉은병정개미들이 지나간 길에 물을 뿌렸습니다. 냄새를 없애기 위해서 많은 양의 물을 뿌렸습니다. 그리고는 땅을 약간 파서 골을 만든 다음에 그곳으로 물을 조금씩 흘려보냈습니다.

그렇게 해 놓고 나서 기다렸습니다.

얼마 뒤, 입에 번데기를 문 붉은병정개미들의 행렬이 나타났습니다. 남의 개미집을 부숴 약탈한 번데기를 물고 집으로 돌아가는 길이었습니다.

개미들이 가까이 오자 파 놓은 골을 따라 물이 약간 흐르도록 했습니다. 그리고 골의 폭을 좁혀 주었습니다.

마침내 붉은병정개미 떼가 흐르는 물 앞에 이르렀습니다. 그들은 한참 동안이나 그 앞에서 서성거렸습니다. 앞에 흐르는 물이 가로막고 있었기 때문입니다.

그러나 그들 중에서 선두에 있는 개미들부터 과감하게 물속으로 뛰어들기 시작했습니다. 그러자 모두들 차례대로 뒤따라 물속으로 뛰어들었습니다.

그들 중 어떤 놈은 힘차게 헤엄을 쳐서 건너편으로 무사히 건너갔습니다. 그러나 어떤 놈들은 물에 휩쓸려 아래쪽으로 떠내려가기도 했습니다.

그런데 물에 떠내려가면서도 개미들은 입에 물고 있는 번데기를 절대로 놓치지 않았습니다.

이와 같은 실험으로 붉은병정개미가 냄새를 통해 길을 찾는 것이 아님을 알 수 있었습니다.

붉은병정개미들이 지나간 길은 물로 씻어 냈고, 그리고 계속해서 물을 흘려보냈으니 그곳에 냄새가 남아 있을 리가 없었습니다.

나는 다른 실험을 해 보았습니다.

개미들이 지나간 뒤에 박하 잎을 수북하게 쌓아서 강한 박하 향을 맡도록 했는데, 돌아온 개미들은 박하 향을 무시하고 유유히 집으로 향하는 모습이었습니다.

개미들이 냄새를 통해 길을 찾는 것이 아니라는 사실이 다시 한 번 입증된 셈입니다.

이번에는 냄새와는 전혀 상관없는 실험을 했습니다.

개미들이 지나간 길 위에 신문지 한 장을 펼쳤습니다. 흙은 조금도 건드리지 않았고 조심스럽게 신문을 펼쳐서 네 귀퉁이를 돌멩이로 눌러놓았습니다.

돌아오던 붉은병정개미들은 한참 동안 갈피를 잡지 못했습니다. 그러다가 이번에도 개미 대여섯 마리가 앞으로 나섰습니다. 그들은 두 편으로 갈라져서 길을 살피고 뒤로 물러서기도 하면서 열심히 주위를 돌아다녔습니다.

그렇게 한참 동안 헤매던 개미들은 마침내 갈 길을 정했습니다. 신문지가 펼쳐진 곳을 건너가기 시작했습니다. 붉은병정개미들이 신문지 위를 기어서 본래의 길을 가고 있을 때, 나는 누런 모래를 뿌려서 개미들의 길을 다시 끊었습니다.

이번에도 개미들은 당황한 듯했습니다. 그러나 신문지 앞에서 소비한 시간보다는 짧았습니다.

이렇게 볼 때, 붉은병정개미들은 냄새가 아니라 눈으로 길을 확인한다는 사실이 더욱 명확해졌습니다.

그런데 붉은병정개미들은 눈으로 보기는 하지만 멀리 내다보지는 못 합니다. 그래서 길이 조금만 달라져도 그렇게 당황하는 것입니다.

분명 붉은병정개미들은 기억력을 갖고 있습니다.

붉은병정개미들이 반불개미의 집에 쳐들어갔다가 그 안에 있는 번데기를 다 가져오지 못하는 경우가 있습니다.

그런 경우에 붉은병정개미들은 2, 3일 뒤에 다시 한 번 개미집을 공격합니다.

이때, 붉은병정개미들의 행렬은 지난번 길로 곧바로 가 반불개미의 집을 쉽게 찾습니다. 이를 통해 붉은병정개미는 한 번 경험한 것을 적어도 며칠 동안은 기억한다는 것을 알 수 있습니다.

그렇다면 이번에는 개미들이 낯선 곳에서는 어떻게 행동하는지 궁금했습니다.

나는 붉은병정개미 한 마리를 납치했습니다. 그들은 번데기를 훔치고 오는 길이어서 내가 납치한 개미도 입에 하얀 번데기를 물고 있었습니다.

나는 그 개미를 조심스럽게 다루어 그들이 살고 있는 집의 반대편으로 몇 미터 더 떨어진 곳에 놓아 주었습니다.

낯선 땅에 떨어진 붉은병정개미는 당황하며 빠른 걸음으로 이리저리 헤매고 다녔습니다. 그러는 동안에도 입에 물고 있는 번데기를 놓지 않았습니다.

개미는 우왕좌왕하며 집을 찾으려고 노력했지만 개미가 향하는 쪽은 집에서 더욱 멀어져 가는 곳이었습니다. 그 개미는 자기의 집과는 전혀 다른 방향으로 멀리 사라졌습니다.

이번에는 다른 개미를 붙잡아서 그 개미의 집 근처에 놓아 주었습니다. 그 개미는 잠시 허둥대다가 곧 자기 집을 찾아서 구멍 속으로 들어갔습니다. 자기 집 근처의 지리에 익숙하기 때문에 가능한 일이었습니다.

분명히 붉은병정개미에게는 기억력이 있습니다. 그러나 벌에게 있는 방향 감각 같은 것은 없습니다.

붉은병정개미에게는 단순히 시각적으로 보이는 것에 대한 기억력만 있을 뿐입니다.

먹이를 녹여 먹는 파리 애벌레

 송장벌레를 관찰하면서 말했듯이 나는 죽어서 썩어 가는 동물이나 곤충의 시체에 모여드는 곤충에 대해 관심이 많습니다.
 그것들은 시체를 분해하여 자연을 깨끗하게 할 뿐만 아니라, 거기서 얻은 물질로 새로운 생명을 탄생시킨다는 것을 관찰을 통해서 알았기 때문에 더욱 관심이 높아졌습니다.
 죽은 동물의 몸을 통해 새로운 생명이 탄생하여 활발한 활동을 하는 것은, 마치 신비한 우주의 질서를 보는 것 같아서 감탄하지 않을 수 없습니다.

 독이 있는 버섯은 색깔이 화려하고 현란하듯이 썩어 가는 시체나 지저분한 곳을 찾아다니는 파리 역시 밝은색으로 치장하고 있습니다. 언뜻 외형을 보면 지저분한 물건과는 거리가 먼 곤충 같습니다.

나는 황록색으로 반짝반짝 빛나는 금파리를 관찰하기로 했습니다.

금파리와 비슷한 종류로는 송장금파리와 구릿빛금파리가 있습니다. 이들 중에서 금파리와 송장금파리는 우리 주위에서 쉽게 볼 수 있지만 구릿빛금파리는 보기가 힘듭니다.

금파리한테는 은빛으로 테를 두른 빨간색 눈이 있고, 온몸은 금빛으로 빛이 납니다.

나는 금파리를 관찰하던 중에 뜻밖의 수확을 얻었습니다. 금파리가 알을 낳는 장면을 목격하게 된 것입니다. 물론 모든 관찰이 기다림의 결과이긴 하지만 금파리의 경우에는 다른 곤충을 관찰할 때보다는 비교적 빨리 알 낳는 모습을 보게 된 것입니다.

암컷 금파리는 양 뼈다귀의 구멍에 들어가서 알을 낳았습니다. 그러고는 꼼짝하지 않고 한 시간 동안이나 알을 품었습니다.

한참 동안 지루하게 기다리고 있는데, 마침내 암컷 금파리가 자리에서 일어나 어디론가 날아갔습니다. 알은 소복하게 뼈의 구멍에 쌓여 있었습니다.

나는 알 덩어리를 꺼내서 개수를 세어 보려고 했지만 알들이 서로 붙어 있어서 셀 수가 없었습니다. 그래서 나는 주둥이가 넓은 병 속에 알을 넣고 키웠습니다.

애벌레로 변하는 과정을 지켜보았는데, 애벌레가 되면 쉴 새 없이 움직였기 때문에 눈으로 개수를 셀 수 없었습니다. 하는 수 없이 번데기가 되었을 때 세어 보니 암컷 금파리 한 마리가 낳은 알의 개수는 정확히 157개였습니다.

그러나 이 숫자는 금파리가 낳은 알의 일부분에 불과한 것입니다. 금파리는 알을 낳을 때 한꺼번에 낳는 것이 아니라 여러 번에 걸쳐서 다른 장소에도 낳기 때문입니다.

금파리 한 마리가 낳는 알은 1,000개 정도 됩니다. 나는 이러한 사실을 두더지 시체를 관찰하면서 알게 되었습니다.

죽은 두더지 한 마리가 마당에 나뒹굴고 있었습니다. 죽은 지 벌써 여러 날이 되어 햇볕에 말라서 납작해진 채로 썩고 있었습니다.

이런 동물의 시체야말로 금파리들이 가장 좋아하는 산란 장소입니다.

나는 두더지 시체에서도 뼈가 튀어나와 볼록해진 부분을 유심히 살폈습니다. 금파리들이 그곳에 알을 낳을 것 같았습니다.

금파리는 보통 파리와는 달리 겉으로 드러난 표면에는 알을 잘 낳지 않고, 어둡고 축축한 곳에 알 낳기를 좋아하기 때문입니다.

그 주변으로 금파리 8마리가 모여들었습니다. 먼저 한 마리가 두더지 시체의 볼록한 부분으로 들어갔습니다. 밖에 있는 금파리들은 차례를 기다리면서 때때로 안으로 들락거렸습니다. 먼저 들어간 금파리가 언제 알을 다 낳는지 확인하는 것 같았습니다.

이윽고 한 마리가 알을 낳고 밖으로 나왔습니다. 그러자 밖에서 기다리고 있던 다른 금파리가 안으로 들어갔습니다. 그리고 그 금파리가 나오면 기다리고 있던 다른 금파리가 들어가곤 하면서 차례로 알을 낳았습니다. 밖으로 나온 금파리는 두더지 몸 위에서 쉬면서 다시 자기 차례가 올 때를 기다렸습니다.

이런 금파리들의 알 낳기 작업은 하루 종일 계속되었습니다.

나는 두더지를 조심스럽게 들추어 보았습니다. 금파리는 알 낳기에 골몰한 탓인지 갑자기 햇빛이 비쳐 들어도 도망가지 않았습니다.

금파리의 알 낳기 작업이 진행되는 동안 그 주변에는 또 다른 곤충이 어슬렁거렸습니다. 바로 개미 떼였습니다. 개미들 중에는 금파리의 산란관에서 금방 빠져나온 하얀 알을 냉큼 물고 가는 놈도 있었습니다. 그러든지 말든지 금파리는 먼저 낳은 알 위에 계속해서 알을 낳았습니다.

어미 금파리들은 개미의 도둑질에 대해 그다지 신경 쓰지 않는 듯했습니다. 개미가 알을 물어 가든 말든 알 낳기에만 열중했습니다.

금파리의 알은 워낙 많았습니다. 그래서 개미들이 물어 가도 그 숫자는 크게 줄어들지 않았습니다.

2 ~ 3일이 지난 뒤에 두더지의 시체를 들춰 보니, 과연 그 안에는 작은 구더기들이 셀 수 없을 정도로 많이 꿈틀거리고 있었습니다. 어미 금파리가 태연한 것이 당연하게 여겨졌습니다.

금파리의 알은 길이가 1밀리미터 정도 되는데, 표면이 매끄럽고 모양이 타원형입니다. 이 알은 24시간이면 부화하여 애벌레가 됩니다.

금파리를 비롯한 파리의 애벌레는 쉽게 말해서 구더기라고 부릅니다.

금파리의 애벌레도 보통 파리의 애벌레처럼 머리 쪽이 가늘고 꼬리가 뭉툭합니다. 머리끝에는 갈고리 2개가 있는데 투명한 껍질 속에 들어 있으면서 들락날락합니다. 애벌레는 이 갈고리를 바닥에 맞대고 몸을 앞으로 당겨서 기어 다닙니다.

'금파리의 애벌레는 어떤 방식으로 음식을 먹을까?'

나는 구더기들이 무슨 음식을 어떻게 먹는지에 대해서 알고 싶었습니다.

그래서 먼저 수많은 구더기 중에서 눈에 띄게 영양 상태가 좋아 보이는 녀석으로 한 마리 골랐습니다.

돋보기로 자세히 살펴보니, 보통 파리의 구더기처럼 기다란 원뿔형으로 생겼습니다. 몸의 표면에는 갈색 점 두 개가 있는데, 이것이 바로 구더기의 숨구멍입니다.

그런데 머리 쪽에 나 있는 갈고리 두 개가 다른 벌레의 이빨에 해당하는 것인지 궁금했습니다. 그렇게 생각해 보았지만 관찰 결과는 사뭇 달랐습니다.

이 갈고리 두 개는 벌레들의 보통 이빨과는 달리 그 끝이 서로 맞닿지 않고 평행을 이루고 있습니다. 그래서 다른 곤충들의 집게와는 달리 서로 부딪치는 일이 없습니다.

나는 발육 상태가 더욱 좋은 구더기를 골라서 집중적으로 관찰하기로 했습니다.

구더기가 좋아할 만한 고깃덩어리를 주고 현미경으로 살폈습니다. 구더기는 고깃덩어리 위에서 머리를 들었다 숙였다 하는 행동을 반복했습니다. 그렇게 해서 구더기는 고깃덩어리를 작게 뜯었습니다.

구더기가 걸음을 멈추고 있을 때는 이상한 행동을 했습니다. 몸뚱이는 그대로 둔 채 머리를 계속 흔들면서 공간을 휘젓는 것이었습니다.

그런데 아무리 살펴보아도 구더기가 뜯어낸 고깃덩어리를 입으로 가져가는 모습을 볼 수가 없었습니다. 갈고리 두 개는 항상 고깃덩어리에 박힌 채였습니다.

구더기는 언제나 그런 모습을 하고 있었지만, 참으로 신기한 것은 구더기의 몸이 날로 포동포동하게 살이 찌고 있다는 사실이었습니다.

입을 통해 음식을 씹어 먹는 것은 아니지만 어딘가로 영양을 섭취하고 있는 것이 분명했습니다. 그렇지 않고서는 구더기가 시간이 흐를수록 그토록 빨리 자라지는 못할 것이기 때문입니다.

나는 다른 실험을 하기로 했습니다.

유리통 안에 바짝 마른 고기를 호두만한 크기로 잘라 넣고, 그 안에 금파리의 알을 200개 정도 넣었습니다. 그리고 다른 유리통에는 똑같은 분량의 고기만 넣어서 두 개를 나란히 비교해 보았습니다.

이틀이 지나자 알을 넣은 고기는 물기가 생겨서 축축해지기 시작했습니다. 알에서 깬 구더기들이 유리 벽을 기어올랐습니다.

기어오르는 구더기의 꽁무니에서는 점액이 약간 보였습니다.

그런가 하면 다른 유리통에 들어 있는 고기는 날이 갈수록 더 바짝바짝 말랐습니다.

구더기가 들어 있는 통 속의 고기는 시간이 흐를수록 물기가 많아졌습니다. 나중에는 흐물흐물해지더니 걸쭉한 상태로까지 변했습니다.

나는 삶은 계란으로 다시 실험을 해 보았습니다. 역시 흰자위를 호두만한 크기로 썰어서 넣어 주었습니다. 얼마 지나지 않아서 계란의 흰자위는 뿌연 액체 상태로 변했습니다. 시간이 흐를수록 더 묽어졌습니다.

똑같은 계란 흰자위인데 구더기가 없는 유리통의 것은 그대로였습니다. 오히려 시간이 흐를수록 수분이 증발하여 딱딱하게 굳었기 때문에 비교가 잘 되었습니다.

이로써 금파리의 애벌레인 구더기는 고체 상태의 먹이를 먹기 전에 미리 액체로 변하게 한다는 사실을 알 수 있었습니다. 구더기는 형태가 단단한 먹이를 섭취할 수 없습니다. 그래서 먹이를 액체 상태로 바꾸어 영양을 섭취하는 것입니다.

이러한 실험으로 구더기한테는 음식물을 녹이는 능력이 있다는 것을 알게 되었습니다.

검정쉬파리는 금파리보다 몸집이 크고, 회색 몸통에 짙은 갈색 줄무늬가 있습니다. 나는 검정쉬파리가 어디에 알을 낳는지 알아보려고 창가에 고기를 놔두었습니다.

쉬파리는 일단 먹이에 앉으면 먹는 데 정신이 팔려서 사람이 다가가도 쉽게 도망가지 않습니다. 자세히 살펴보니 쉬파리 꽁무니가 고기에 살짝 닿았다고 생각하는 순간, 작은 구더기들이 줄줄이 쏟아져 나왔습니다. 그러더니 그 작은 구더기들은 재빨리 고깃덩어리를 헤집고 속으로 파고들어 갔습니다.

이를 더 자세히 관찰하려고 돋보기로 살펴보니 구더기는 고기의 주름 속에 숨듯이 기어 들어가 주둥이를 고기 속에 틀어박고 있었습니다.

금파리는 오랜 시간에 걸쳐 알을 낳았고, 또 그 알이 구더기가 되기까지는 하루 정도가 걸렸습니다. 그런데 검정쉬파리는 고기에 닿자마자 순식간에, 그것도 알이 아니라 작은 구더기를 직접 낳았습니다.

쉬파리가 한 번에 낳는 구더기는 10마리 정도인데, 하루 종일 구더기를 낳기 때문에 그 숫자는 굉장히 많습니다. 어느 생물학자의 발표에 따르면 쉬파리의 배 속에는 구더기가 2,000마리 정도 들어 있다고 합니다.

쉬파리의 구더기는 꽁무니가 잘린 것처럼 뭉툭하고 오목하게 들어가 있습니다. 여기에 숨구멍이 2개 있고 오목하게 들어간 자리는 주름져 있습니다. 이 주름을 오므렸다 벌렸다 하면서 숨을 쉬고, 또 이동한다는 것은 다른 파리의 애벌레들과 다를 바가 없습니다.

구더기는 시체를 분해하는 아주 중요한 역할을 하고 있습니다. 파리는 자연계에서 죽은 생물을 분해하는 훌륭한 화학자라고 불러도 좋을 것입니다.

파리가 알을 낳는 것을 더 자세히 살펴보기 위해, 양철로 만든 통에 고기 한 점을 넣어 두었습니다. 그러고는 뚜껑을 덮어서 밀폐했습니다. 다만 냄새가 밖으로 퍼져 나갈 수 있도록 바늘이 들어갈 만한 작은 구멍만 몇 개 뚫어 놓았습니다.

얼마 지나지 않아서 냄새를 맡은 파리들이 주위로 날아들었습니다. 파리들은 양철통 속에 고기가 있다는 것을 알고는 안으로 들어갈 길을 찾았습니다. 양철통을 몇 바퀴 돌아도 길이 보이지 않자, 파리들은 양철통에 뚫어 놓은 구멍 주위에 집중적으로 알을 낳기 시작했습니다.

알에서 깬 구더기들이 그 작은 틈새로 먹이에게 다가갈 수 있다는 것을 파리들은 알고 있다는 뜻입니다.

과연, 알에서 막 깬 구더기들은 주저하지 않고 먹이가 있는 곳으로 정확하게 움직여 나아갔습니다.

이렇듯 곤충들의 생태를 관찰하고 있노라면 자연계의 생명력이 그저 놀라울 뿐입니다.

인간에게는 귀찮게만 여겨지는 파리의 경우에도 말입니다.

잔인한 싸움꾼 딱정벌레

딱정벌레는 일명 살생을 즐기는 악마라고 불리는 곤충입니다.

딱정벌레는 걸핏하면 다른 벌레들을 잡아서 숨통을 끊고 그것을 무참히 뜯어 먹습니다.

몸길이는 보통 3센티미터 정도 되는데, 늘씬하고 매끈한 몸매에 옛날 무사들처럼 갑옷으로 단단히 무장하고 있습니다.

딱정벌레가 반짝이는 몸으로 밖에 나서면 다른 벌레들은 무서워서 벌벌 떱니다. 나는 이 들판의 싸움꾼을 관찰하기 위해 널찍한 상자를 하나 마련했습니다. 그 속에 모래를 깔고 딱정벌레를 집어넣었습니다.

딱정벌레는 야생에서 주로 바위 밑 틈새에 집을 짓는다는 성질을 감안하여 상자 안에 깨진 기왓장을 넣어 주었습니다.

상자 안에 딱정벌레 세 종류를 살게 했습니다. 가장 흔한 노랑테딱정벌레와 암갈색을 띤 왕딱정벌레, 그리고 검은색과 보랏빛이 어우러져 있는 검정딱정벌레입니다.

딱정벌레들은 처음에는 깨진 기왓장 밑에 옹기종기 모여 있었습니다.

나는 먹잇감으로 달팽이를 잡아다가 껍질을 약간만 깨뜨려서 안에 넣어 주었습니다. 달팽이는 뿔처럼 생긴 더듬이를 이리저리 움직이더니 느릿느릿 기어 다니기 시작했습니다.

이를 지켜보던 딱정벌레들이 잠시 겁을 집어먹고 당황하는 듯했습니다.

그러나 그것도 한순간, 잠깐 동안 상황을 지켜보던 딱정벌레들이 한꺼번에 달팽이에게 달려들었습니다. 습격을 받은 달팽이가 있는 힘을 다해 발버둥을 쳤지만, 갑옷으로 무장한 싸움꾼들을 이길 수는 없었습니다.

딱정벌레들은 인정사정없이 공격하기 시작했습니다. 그들은 서로 앞을 다투어 달팽이의 껍질 속으로 파고들었습니다. 그러고는 달팽이의 살을 마구 찢어 먹기 시작했습니다.

그러자 아직 살아 있는 달팽이의 몸에서는 진득진득한 액체가 흘러나왔습니다. 이 액체는 모래와 뒤범벅이 되어서 딱정벌레의 몸에도 들러붙었습니다.

그러나 온몸에 액체가 들러붙거나 말거나 딱정벌레들은 둔한 몸을 움직이며 달팽이 사냥에 여념이 없었습니다.

딱정벌레들은 아주 오랫동안 달팽이 고기를 구석구석까지 먹어 치웠습니다. 어느 정도 배가 불렀는지 한 마리가 물러났습니다.

그러나 왕딱정벌레는 맨 마지막까지 달팽이에게서 떠나지 않고 붙어 있었습니다. 왕딱정벌레는 자기가 좋아하는 어둡고 침침한 곳으로 달팽이를 끌고 갔습니다. 그리고는 마지막까지 달팽이 고기를 느긋하게 먹어 치웠습니다.

이번에는 더 잔인한 방법으로 딱정벌레들의 잔인성을 실험해 보기로 했습니다.

나는 딱정벌레들을 3일 동안이나 일부러 굶겼습니다.

그러고는 이제 막 잡은 왕풍뎅이 한 마리를 상자 안에 집어넣었습니다. 상자 안에 들어간 왕풍뎅이는 딱정벌레보다 몸집이 훨씬 컸습니다.

그러나 사흘 동안이나 배를 굶주린 딱정벌레들은 눈에 보이는 것이 없는 듯했습니다.

왕풍뎅이를 넣어 주자마자 딱정벌레들은 몸집의 크기에 아랑곳하지 않고 한꺼번에 우르르 몰려들었습니다. 딱정벌레 여럿이 왕풍뎅이의 주위를 빙빙 돌았습니다. 공격할 기회를 찾는 듯했습니다.

그러더니 마침내 딱정벌레 한 마리가 왕풍뎅이에게 덤벼들었습니다. 그러자 왕풍뎅이는 반항 한번 제대로 해 보지 못하고 허무하게 배를 하늘로 향한 채로 쓰러지고 말았습니다.

거대한 암소 한 마리가 들개에게 물려 한 방에 쓰러지는 격이었습니다.

그러자 주위를 돌고 있던 딱정벌레들이 앞다퉈 풍뎅이에게로 몰려갔습니다. 그러고는 맨 먼저 왕풍뎅이의 배 속을 날카로운 이빨로 깊숙이 뚫었습니다.

오랫동안 먹이에 굶주린 딱정벌레들은 풍뎅이의 배 속에 머리를 박고 살을 뜯어 먹기 시작했습니다.

이번에는 먹잇감으로 좀 더 까다로운 상대를 골랐습니다. 그것은 장수풍뎅이였습니다. 장수풍뎅이는 딱정벌레 못지않게 딱딱한 갑옷을 입은 천하무적의 거인입니다.

장수풍뎅이를 발견한 딱정벌레들은 한꺼번에 달려들었습니다. 왕풍뎅이를 사냥할 때 맨 먼저 한 마리가 나섰던 것과는 상황이 사뭇 달랐습니다. 그러나 장수풍뎅이는 딱정벌레 무리를 쉽게 물리쳤습니다.

그러자 이번에는 딱정벌레들이 장수풍뎅이의 약점을 찾아서 공략하기 시작했습니다. 그곳은 바로 갑옷 속에 감춰진 연약한 부분이었습니다.

딱정벌레들은 장수풍뎅이의 갑옷을 들추고 급소를 집중적으로 공략하여 마침내 날카로운 이빨을 박는 데 성공했습니다. 급소를 찔린 장수풍뎅이는 힘없이 바닥에 발라당 누워 버렸습니다.

이때부터 딱정벌레들은 안심한 듯 장수풍뎅이의 살점을 마음껏 즐겼습니다.

얼마 지나지 않아서 커다란 장수풍뎅이는 빈 껍질만 남게 되었습니다. 딱정벌레들이 다른 곤충을 잡아먹는 모습은 참으로 잔인합니다.

그들은 배가 고파도 잡아먹고, 배가 불러도 당장 살을 파먹지는 않더라도 우선 상대방을 죽여 놓고 봅니다.

과연 이러한 딱정벌레를 '살생을 즐기는 악마 곤충'이라고 부를 만합니다.

이렇듯 솜씨 좋고 잔인한 사냥꾼에게도 천적은 있기 마련입니다. 여우와 두꺼비가 바로 그 상대입니다.

여우는 딱정벌레를 주식으로 삼는 건 아니지만, 먹을 것이 귀할 때에는 딱정벌레라도 마다하지 않고 먹습니다. 들판에 널려 있는 동물 똥 중에서 토끼털이 섞여 있는 것은 틀림없이 여우의 배설물입니다. 그 배설물 속에서 딱정벌레의 딱딱한 날개를 발견할 때가 종종 있습니다.

두꺼비도 긴 혀를 이용해서 딱정벌레를 잡아먹었다는 증거를 남깁니다.

여름철에는 간혹 정원에서 새끼손가락만한 덩어리를 발견할 때가 있습니다. 처음에 나는 그것이 무엇인지를 알지 못했습니다.

생각 끝에 그 덩어리는 올빼미가 토해 놓은 것이라고 짐작했습니다. 그러나 덩어리 성분을 분석해 본 결과, 결코 올빼미의 것이 아니란 걸 알았습니다. 올빼미가 할 일 없이 수많은 개미를 쪼아 먹을 리가 없기 때문이었습니다.

'그래, 이건 바로 두꺼비 똥이야!'

개미를 이렇게 많이 잡아먹을 만한 동물은 우리 집에 두꺼비밖에 없다고 결론지었습니다.

나는 이 사실을 확인하기 위해 두꺼비를 잡아서 바구니에 격리했습니다. 그러고는 한동안 먹이를 주지 않았습니다.

배 안에 들어 있는 내용물이 모두 소화되어 똥으로 나오기를 기다린 것입니다.

그때부터 2, 3일이 지나자, 두꺼비는 정원에서 본 것과 똑같은 덩어리를 쏟아 냈습니다. 그 덩어리 속에는 소화되지 않은 수많은 개미 머리가 섞여 있었습니다. 두꺼비 배설물 속에 딱정벌레 날개가 잔뜩 들어 있는 경우도 있었습니다.

반짝이는 금속 파편을 뭉쳐 놓은 것 같은 배설물 속에 개미 머리가 섞여 있는 것으로 보아, 두꺼비는 개미를 잡아먹으면서 종종 딱정벌레도 잡아먹는다는 것을 확인할 수 있었습니다.

사람의 입장에서 보면 두꺼비는 사람에게 이로운 동물인데, 딱정벌레 또한 사람에게 이로운 곤충입니다.

사람에게 이로운 곤충을 역시 사람에게 이로운 두꺼비가 잡아먹는 것입니다.

이러한 자연의 이치는 자연이 인간에게 맞도록, 오직 인간을 위해서만 자연의 질서가 형성된 것이 아님을 잘 보여 줍니다.

나는 어느 날, 플라타너스나무 아래에서 딱정벌레 한 마리를 발견했습니다. 자세히 살펴보니 날개 끝이 약간 부러져 있었고 갈라진 상처도 있었습니다.

나는 그놈을 잡아서 딱정벌레 사육 상자 속에 넣었습니다. 그 속에는 딱정벌레 25마리가 들어 있었습니다.

다음 날 아침, 사육 상자를 들여다본 나는 깜짝 놀랐습니다. 어제 넣은 딱정벌레가 죽어 있었기 때문입니다.

이 딱정벌레는 딱지날개가 약간 떨어져 나가서 연한 피부가 드러난 탓에 다른 놈들의 먹이가 되고 말았던 것입니다.

죽어 있는 딱정벌레는 배에 커다란 구멍만 뚫려 있을 뿐, 다리와 머리, 그리고 가슴은 그대로 남아 있어서 표본으로 만들 수도 있는 상태였습니다.

나는 이상한 생각이 들었습니다. 사육 상자 안에는 딱정벌레들이 좋아하는 먹이가 잔뜩 들어 있었는데도 자신들의 동료를 잡아먹은 것이 의문이었습니다.

오랫동안 지켜본 결과, 그들에게는 자신들의 동료라도 몸 부위에 상처가 있으면 무참히 잡아먹는 습성이 있다는 것을 알았습니다.

딱정벌레들은 평상시에는 동료들끼리 사이좋게 지냅니다. 먹이를 먹을 때도 서로 싸우는 일이 거의 없습니다. 기껏해야 남의 입으로 찢은 먹이를 함께 파먹으면서 서로 몸을 부대끼는 정도입니다.

그러나 막상 동료에게 상처가 있으면 모두 함께 덤벼들어서 잡아먹는 것입니다.

그런데 얼마 뒤, 배에 구멍이 뚫린 채 죽어 있는 딱정벌레가 또 한 마리 생겼습니다.

그 뒤로도 며칠 간격으로 계속해서 딱정벌레가 한 마리씩 죽어 나갔습니다. 수명이 다해서 자연사한 동료의 살을 파먹은 것인지 자기들끼리 싸움을 한 것인지 궁금했습니다.

이를 확인하는 것은 쉬운 일이 아니었습니다. 그러나 나는 며칠 동안 끈질기게 관찰해서 한낮의 살생 사건을 두 건이나 목격했습니다.

암컷 한 마리가 수컷 한 마리를 공격하는 것을 보았습니다. 수컷은 몸이 약간 작고 앞다리의 폭이 넓기 때문에 금방 구별할 수 있습니다.

암컷은 수컷의 꽁무니 부분부터 물고 늘어졌습니다. 수컷은 건강해 보였지만 전혀 저항하는 기색이 아니었습니다. 기껏해야 앞으로 도망가려고 할 뿐, 뒤로 돌아 엉겨 붙어서 싸우려는 시도도 하지 않았습니다.

수컷의 몸부림은 10분 정도 계속되었습니다. 그러다가 수컷은 간신히 암컷의 공격에서 벗어났습니다.

이런 경우를 종종 볼 수 있었는데, 그럴 때마다 공격하는 것은 암컷이었고, 도망가는 쪽은 수컷이었습니다.

수컷은 도망가려고만 할 뿐, 전혀 싸우려고 하지 않았습니다.

이렇게 해서 마침내 수컷의 몸에 상처가 생기자, 그때부터 암컷은 상처를 비집고 살을 파먹기 시작했습니다. 공격을 당한 수컷은 잠깐 동안 몸을 부르르 떨다가 이내 죽고 말았습니다.

2개월 동안에 25마리였던 딱정벌레가 5마리로 줄어들었습니다. 20마리는 수컷이었고 5마리만 암컷이었는데, 이제 암컷만 남아 있는 것입니다.

그동안 잡아먹히는 쪽은 언제나 수컷이었고, 나는 그들이 암컷에 맞서 싸우는 것을 한 번도 보지 못했습니다.

정정당당한 싸움에서는 공격당하는 쪽도 상대방을 한 번쯤은 공격하기 마련입니다. 그런데도 수컷들은 그저 도망가려고만 할 뿐이었습니다.

그러고 보니 사마귀와 전갈의 경우도 마찬가지였습니다. 심지어 수사마귀의 경우는 짝짓기를 하면서도 잡아먹혔습니다. 또한 수컷 전갈들은 짝짓기가 끝나면 암컷이 잡아먹기를 얌전하게 기다립니다.

사육 상자 속에 남아 있는 암컷 딱정벌레 5마리는 이제 식욕을 별로 느끼지 못하는 것 같았습니다. 깨진 기왓장 밑에서 잠만 자고 있을 뿐, 거의 밖으로 나오지 않았습니다.

나는 딱정벌레의 알과 애벌레의 성장 과정을 관찰하기 위해 매일같이 기다렸지만 그들이 알을 낳는 것을 결국 보지 못했고 이제 나의 곤충 연구는 끝났습니다.

  지금, 내 몸은 몹시 쇠약해졌고 눈도 침침해서 무엇을 보더라도 예전처럼 세밀하게 관찰할 수 없습니다.
  혹시 새로운 것을 발견했다고 하더라도, 그것을 옮겨 적을 힘도 이제 내게는 없습니다.

작품에 대하여

파브르 곤충기

작품 개요

◆ **작품 소개**

프랑스의 곤충 연구가 앙리 파브르의 저서

파브르가 약 30년에 걸쳐 완성한 곤충 관찰 기록으로, 곤충의 행동과 습성이 기록되어 있는 책이다. 부제는 '곤충의 본능과 습성에 관한 연구(étude sur l'instinct et les mœurs des insectes)'인데, 1879년에 '곤충기' 1권이 출간되고 1907년에 10권이 출간되었다. 파브르는 그 뒤에 11권도 쓰기 시작했지만 완성하지 못하고 만 91세가 되던 해인 1915년에 세상을 떠났다. 파브르는 남부 프랑스에서 본능에 바탕을 둔 곤충류의 생활을 애정과 인내심을 가지고 관찰하여, 정확하고도 독특한 시적 표현을 섞어 가면서 집필하였다. 곤충의 습성이나 생태를 잘 관찰한 기록으로서, 불후의 명저(名著)로 평가받고 있다.

◆ 줄거리

사마귀_ 살아 있는 곤충만 잡아먹는데, 암컷은 짝짓기를 끝내고 수컷을 잡아먹는다.

노래기벌_ 먹이로 쓸 비단벌레나 바구미 같은 갑충을 독침으로 마취해서 산 채로 싱싱하게 보관한다.

쇠똥구리_ 동물 똥으로 둥글둥글한 구슬을 만들어 먹이로 쓰거나 새끼를 키우는 데 쓴다.

매미_ 입을 나무줄기에 찔러 넣어 수액을 빨아 먹는다.

거미_ 방사형 줄과 끈끈한 소용돌이형 줄로 그물을 짜서 먹이를 사냥한다.

나방_ 수컷은 더듬이로 암컷의 냄새를 맡고 암컷을 찾아다닌다.

송장벌레_ 시체 처리 전문가로, 동물의 시체를 먹거나 그 속에 알을 낳아 기른다.

귀뚜라미_ 날개를 바이올린 활처럼 이용해 울음소리를 낸다.

배추흰나비_ 많은 알을 낳지만 천적 때문에 그중에서 극히 일부만 나비가 된다.

하늘소_ 나무속에서 지내는 애벌레는 성충이 되면 나무 밖으로 나가려고 애벌레 때부터 현명하게 준비를 한다.

붉은병정개미_ 노예로 부리기 위해 다른 개미의 번데기를 훔치는데, 눈으로 길을 기억하는 능력이 있다.

파리_ 시체 처리 전문가인데, 금파리의 애벌레는 먹이를 흐물흐물하게 녹여서 먹는다.

딱정벌레_ 잔인한 살생을 즐기는 곤충으로, 동료라도 상처가 있으면 무참히 잡아먹는다.

작품 해설

◆ **들어가기**

인간은 이 지구 생물계에서 벌레가 차지하는 몫을 쉽게 간과해 버리기 일쑤다. 오죽하면 사람 구실을 하지 못하는 인간을 두고 '벌레(버러지) 같은 인간'이니 '벌레(버러지)만도 못한 인간'이니 하겠는가? 그러나 벌레가 지구 생물계에서 차지하는 비중은 상상을 뛰어넘을 만큼 무척 크다. 한 곤충학자에 따르면 지구에 살고 있는 개미의 몸무게를 합치면 무려 인간 몸무게의 100배가량이 될 것이라고 한다. 그런데 개미는 전체 곤충의 100분의 1정도밖에 되지 않으니 지구상 곤충의 무게는 인간 몸무게의 1만 배가 넘는 셈이다.

그런데 지금으로부터 100여 년도 넘게 일찍이 프랑스의 곤충학자요 박물학자인 장 앙리 파브르(1823~1915)는 《곤충기》(1879~1907)를 써서 곤충이 지구 생태계에서 얼마나 중요한 구성원인지 밝혀내어 관심을 끌었다. 갑충류 170종, 벌류 130종을 비롯한 곤충의 생태를 자세히 관찰하고 자전적 회상을 곁들여 기록한 책이 바로 그 유명한 《파브르 곤충기》이다. '곤충의 본능과 습성에 대한 연구'라는 부제에서도 엿볼 수 있듯이 파브르는 이 책에서 온갖 곤충의 타고난 본능과 성격과 습관을 새롭게 밝혀내었다.

◆ **작품의 배경과 내용**

파브르가 곤충에 관심을 기울이기 시작한 것은 어린 시절로 거슬러 올라간다. 농부의 아들로 시골에서 가난하게 자란 그는 어느 날 밤 잠을 자려고 자리에 누웠다. 그런데 바로 그때 방 밖에서 귀뚜라미가 요란스럽게 울어대는 소리가 들려왔다. 그래서 파브르는 밖으로 나가 귀뚜라미를 바라보다가 호기심을 느끼고 집 안으로 가지고 들어와 자세히 살펴보기 시작하였다. 어렸을 때 겪은 이 작은 일이 계기가 되어 파브르는 뒷날 곤충에 깊은 관심을 기울였다.

그러나 파브르가 좀 더 체계적으로 곤충에 관심을 기울이기 시작한 것은 프랑스 남부의 프로방스에서 중학교 교사로 근무할 때다. 이 무렵 그는 타란튤라독거미와 전갈 같은 곤충을 연구하기 시작하였다. 모두 10권으로 된 《파브르 곤충기》는 남프랑스 지방을 중심으로 곤충의 생활을 정확하고도 객관적으로 관찰하여 기록한 책이다.

《파브르 곤충기》의 제1권에는 벌에 관한 이야기, 제2권에서 제4권까지는 과변태(過變態)에 관한 연구, 제5권 전반부에서는 다시 벌에 관한 이야기를 다루고, 후반부에서는 매미와 사마귀에 관한 연구를 다룬다. 제6권에서는 여러 가지 꽁지벌레의 생활과 쇠똥구리에 관한 연구를, 제7권과 8권에서는 도롱이벌레, 꿀벌, 파리 등 여러 곤충에 대한 비교적 짧은 기술을 담고 있다. 제9권에서는 거미와 전갈의 생활을 기록하고, 마지막 제10권에서는 쇠똥구리를 비롯한 곤충을 기록하였다.

파브르가 《곤충기》에서 기록하는 많은 곤충 중에서도 쇠똥구리에 관한 기록은 관심을 끌기에 충분하다. 쇠똥구리는 이름 그대로 쇠똥을 굴린다고 하여 붙은 이름이다. 들판의 청소부라고 할 쇠똥구리는 쇠똥을 비롯한 말똥이나 낙타똥을 닥치는 대로 먹어 치운다. 쇠똥구리는 쇠똥으로 동그란 구슬을 만들어 굴리며 가는데, 이것을 본 파브르는 오랫동안 관찰했지만 쇠똥구리의 특별한 본능이나 습성은 잘 알아내지 못하였다.

그러던 어느 해 파브르는 우연히 양치기들과 생활하게 되었다. 들판에 양똥이 많아서 쇠똥구리를 관찰할 수 있는 더할 나위 없이 좋은 기회였다. 하루는 양치기가 그에게 달려와 쇠똥구리가 나오는 곳을 파 보았더니 땅 속에서 꼭지 달린 과일처럼 생긴 매끄러운 갈색 구슬이 나왔다고 일러주었다. 그런데 실수로 깨진 구슬 속을 살펴보니 하얀 밀알 같은 알이 있었다고 하였다. 이튿날 아침 파브르는 양치기와 함께 쇠똥구리의 집을 찾아갔다. 주먹만한 쇠똥구리의 집에서는 전날 들었던 구슬들이 나뒹굴고 있었다.

파브르는 여러 개의 쇠똥구리 집에서 여름 동안 무려 백 개가 넘는 쇠똥구리 구슬을 찾아냈다. 이 구슬은 쇠똥구리가 쇠똥으로 동그랗게 만든 뒤 겉에 붉은 흙을 발라 만든 것으로, 이 흙이 마르면 손톱도 들어가지 않을 만큼 딱딱해서 새끼를 보호한다는 사실을 알아내었다. 구슬 속의 알은 애벌레가 되어 구슬을 조금씩 파먹고 자라고 있었다. 파브르가 조심스럽게 구슬을 쪼개 보았더니 알은 숨을 쉴 수 있도록 꼭지처럼 볼록 튀어 나온 곳에 있었다. 쇠똥구리는 위대한 과학자이며 예술가라는 사실을 깨달고 파브르는 여간 감탄하지 않았다.

이렇게 쇠똥구리는 동물의 똥을 땅 속에 묻어 두고 식량으로 삼는 곤충이기 때문에 쇠똥이 분해되면 아주 훌륭한 자연 비료로 거듭난다. 당연히 파리 같은 귀찮은 벌레들도 들끓지 않고서도 땅이 비옥해지기 마련이다. 그러므로 쇠똥구리가 많은 나라일수록 환경을 오염시키지 않는 청정 농업을 경영할 수 있다.

◆ 파브르의 성과

파브르가 《곤충기》에서 이룩한 가장 큰 업적 중 하나는 동물 행동학에 이론적 토대를 마련했다는 점이다. 본격적인 분과학문으로서 동물 행동학은 그 역사가 겨우 몇 십 년밖에 되지 않는데, 파브르는 이미 100여 년 전에 《곤충기》를 썼다. 파브르는 곤충의 행동을 면밀히 관찰하여 종(種)마다 다른 특성이 있음을 밝혀내어 동물 행동학에 선구자적 역할을 맡았던 것이다.

◆ 과학자적 실험 정신

파브르는 곤충 채집과 관찰에 빠져 있다가 마을 아낙들한테서 정신이 모자라는 사람이라고 취급 받은 일화도 있다. 개나 말 같은 큰 짐승도 아니고 인간이 하찮게 여기기 일쑤인 벌레를 수집하고 관찰하는 일이 시골 여성들에게는 '미친' 짓으로 보인 것도 그렇게 무리는 아닐 것이다. 그러나 파브르는 그러한 험담이나 비난에 아랑곳하지 않고 연구를 계속하였다. 어떤 일에서든지 대가가 되려면 '미치지' 않고서는 불가능하다는 사실을 다시 한 번 깨닫게 된다.

 자연과학자들이 으레 그러하듯이 파브르는 자연 현상을 객관적으로 정확하게 관찰하고 실험하였다. 《곤충기》는 그가 60

여 년 동안 끈질긴 관찰과 실험을 통해 곤충의 본능과 습관을 깊이 있게 파헤친 곤충학의 대표적인 저서다. 파브르는 이렇게 자신이 몸소 체험하고 관찰한 것만을 과학적 진리로 믿었다.

파브르가 곤충을 관찰하는 과학적로서의 자세는 곤충의 독소를 실험하는 부분에서도 엿볼 수 있다. 그는 자신의 팔에 독성 물질을 바르고 그 결과를 추적해 가곤 하였다. 이러한 실험에는 참기 힘든 고통이 뒤따랐으며, 한 차례 실험을 할 때마다 한 달 정도 후유증을 겪어야 했다. 또한 심한 고통과 함께 발진, 수포, 진물, 가려움증, 화끈거림, 열독 등 피부 질환을 앓아야 했다. 이러한 과정을 무려 일곱 차례나 되풀이했으니 그가 겪은 고통이 어떠했을지 쉽게 짐작하고도 남는다.

◆ **곤충기를 넘어서**

《파브르 곤충기》는 단순한 벌레를 관찰하여 그 행태를 기록한 책이 아니다. 물론 곤충의 본능과 생태에 대한 숨은 비밀을 기록하고 있지만 그 이상의 깊은 의미를 지닌다. 자연의 가장 작은 생명체를 통해 바라본 인간 세계에 대한 깊은 통찰이 배어 있다. 파브르의 시선을 따라가다 보면 이 책에는 인간의 다양한 모습이 그대로 드러난다. 삶과 죽음의 질서에 대한 소중한 교훈과 지혜를 배울 수도 있다. 파브르는 이 책에서 곤충의 생태를 설명하되 한 순간도 인간의 행동을 잊는 법이 없다. 파브르는 인간이 흔히 한낱 미물에 지나지 않는다고 생각하는 벌레들에게서도 규칙적인 질서와 생활, 자신의 책임을 꿋꿋이 지켜나가는 의무, 일에 대한 가치가 있다는 사실을 발견하고 인간도 그것을 본받아야 한다고 역설하였다.

더구나 《곤충기》에서 파브르는 과학자의 글이라고는 좀처럼 믿어지지 않을 만큼 수려한 문체를 구사했다. 시적 운율에다 생기 넘치는 비유적 표현, 고전에서의 인용, 우화 등을 사용함으로써 자칫 지루할 수 있는 글을 문학적 차원으로 끌어올렸다. 예를 들어 《파브르 곤충기》에는 갈피마다 파브르의 문학적 표현들이 살아 숨 쉰다. 이를 테면 10권에서 유럽 장수금풍뎅이가 굴을 파는 것을 관찰하며 파브르는 크레타 미궁에서 아리아드네의 실을 붙잡고 빠져나온 테세우스의 이야기를 들려준다. 그 신화 속 이야기와 장수금풍뎅이가 살아남는 방식이 서로 비슷하다는 것이다.

이렇듯 파브르는 곤충학자 못지않게 시인이요, 박물학자 못지않게 철학자라고 할 만하다. 그는 곤충들을 과학자의 눈으로 바라보았을 뿐만 아니라 더 나아가 시인과 철학자의 눈으로도 바라보았다. 그러고 보니 한 학자가 '파브르는 철학자처럼 사색하고, 예술가처럼 관찰하며, 시인처럼 표현한다.'라고 평가한 것은 바로 그 때문이다.

《파브르의 곤충기》는 출간된 지 100여 년이 지났지만 동시대나 후대, 지금까지도 큰 영향을 끼쳤다. 가령 진화론으로 유명한 찰스 다윈에 직접 또는 간접으로 영향을 주었는가 하면, 생철학을 부르짖은 프랑스의 철학자 앙리 베르그송에게도 깊은 영향을 끼쳤다.

◆ 작가 소개

장 앙리 파브르는 1823년 프랑스 남부의 아베롱 주 생레옹에서 가난한 농부의 아들로 태어났다. 집안은 가난했지만 공부에 대한 의욕이 남달라 고학으로 사범학교를 졸업하여 열아홉 살 때 초등학교 교사가 되었다. 그 뒤에도 독학으로 수학, 물리학, 생물학 등을 공부하여 의학사 자격과 박사학위를 받았다.

어려서부터 곤충에 깊은 관심을 기울인 파브르는 서른한 살 때부터 본격적으로 곤충을 연구하기 시작하여 이듬해인 1854년에 레옹 뒤프르가 쓴 논문을 읽고 박물관 연보에 〈노래기벌에 관한 논문〉을 쓰면서 곤충 연구에 전념하여 곤충과 식물, 동물을 관찰하고 연구하였다. 쉰다섯 살이 되던 1878년에《곤충기》 제1권을 출간하기 시작하여 여든다섯 살인 1909년까지 모두 10권을 완성하였다. 그러므로 이 방대한 책은 무려 30년에 걸친 고된 작업의 결과였다. 이러한 공로를 인정받아 파브르는 프랑스 정부가 수여하는 레종드뇌르 훈장을 두 번씩이나 받았다. 파브르는 1915년 아흔한 살의 나이로 사망하였다.